いのちのスタートライン

大久保淳一

講談社

いのちのスタートライン

プロローグ

２０１３年６月30日。

北海道、湧別町《ゆうべつちょう》。


私は、第28回サロマ湖１００㎞ウルトラマラソンのスタートラインに立っていた。


午前４時55分。６月の終わり、この地の朝はとても早い。

すでに太陽が東の空にのぼり、気温がぐんぐん上がっている。

今日は暑くなりそうだ。

湧別総合体育館の前の道路では、スタートゲートを先頭に３０８８人のランナーたちが、道幅いっぱいに長い列をなして並んでいる。先頭から50ｍほどの位置にいる私は、炎のようなオレンジ色の長袖Ｔシャツに、黒の七分丈スパッツ、そして白のキャップにサングラスという出《い》で立《た》ち。

腰のポーチには、高カロリーゼリーが４つ。

日中の強烈な日ざしと、一日がかりの消耗戦に備え、完全武装している。

周囲のランナーたちも、みな帽子をかぶり、首筋を冷やすネッククーラーや、後ろ首用の日よけをつけている。この１００㎞コースに、日陰となる場所はほとんどない。肌を露出させぬよう、くるぶしまである長いスパッツ姿の選手もいる。

そんな鉄人ランナーたちが、まるで満員のエレベーターにでも乗っているかのように、ぎゅうぎゅう詰めで立ち並び、大会運営のアナウンスを聞いている。

ツワモノたちが、この日に照準を合わせ、半年近くも月間数百㎞という走り込みや、厳しいトレーニングを重ね準備する超長距離マラソン大会。独特の高揚感と緊張感がただよう。

たった今、シドニー五輪銀メダリストのエリック・ワイナイナ選手の挨拶が終わった。

今年の優勝候補だ。

さすがに１００㎞マラソン世界選手権日本代表選考会も兼ねているだけあり、世界トップクラスの選手たちも参加している。

思い起こせば、私はこのスタートラインに戻ることだけを夢見て、進行性のガンと間質性《かんしつせい》肺炎《はいえん》を闘ってきた。

５年生存率は、49％以下とも、20％以下とも言われた。

何度となく命が危なかった。つらく厳しい抗ガン剤治療だけが、生活そのものだった時期もある。仮に一命を取りとめても、在宅で酸素ボンベの生活もありえると言われた。そんな極度の不安のなか、治療とリハビリにはげんだ6年半。ようやくここまで戻ってきた。ガンの告知を受けたのが42歳。そして今年、私は49歳になっていた。

しかし、今、感傷的にはなっていない。

この100kmマラソンのスタートラインに戻ることが私の夢だとみんなに言ってきたが、そんなの本心ではない。

本当は、この過酷なレースを再び完走するために、這《は》い上がってきた。

6年前、10ヵ月間に及ぶ入院治療を終えた私は、ひどく衰弱し、歩くことすらままならないほど痛んでいた。手術と薬物治療を繰り返し、弱りきった身体は、容易には元に戻らない。身体的弱者になり、初めて弱者の気持ちがわかった。頑張りたくても、頑張れない身体。

今の私は、肺機能の3分の1を失い、いくつかの臓器もない。

病院の先生たちが、その身体ではできるはずがない、無茶だ、と警告してきたサロマ湖1

００㎞ウルトラマラソン。お願いだから１００㎞なんかやめて、と妻が言い続けてきたレース。

でも、私には受け入れられない。なぜなら、自分の命の有限性をいやと言うほど思い知らされた私が、来年も生きてここに立てる保証など、どこにもないからだ。

もしも今日、このレースを完走できれば、私は、長く苦しかった進行性のガンと間質性肺炎との闘いに終わりを告げられるかもしれない。眠れぬ夜、ガンの再発におびえることもなくなり、ガンを患《わずら》ったという一種のコンプレックスからも解放されるかもしれない。

私にとってこの１００㎞レースは、そういったすべての可能性だ。

ウルトラマラソン。その時間内完走を、もう一度やりとげたい。

日本中の鍛え抜かれた鉄人たちが集まっても、例年の完走率が6～7割という厳しさ。そして最終的に13時間以内にゴール地点までたどり着かなくては失格となる。

この日の予想最高気温が27度というアナウンスに会場のランナーたちがどよめいた。この超長距離を走るには、あまりにも暑過ぎる。

途中リタイヤする選手が、かなり増えることを意味した。

そして、午前5時。

一瞬、時が止まり、「パーン」というスターターピストルの音とともに、30088人のランナーたちが一斉に動き出した。

ついに、長い長い一日が始まった。

目次◉いのちのスタートライン

第三章　ガンとの闘い

第四章　家族、仕事

第五章　生存率20％以下

第六章　再挑戦

第一章　宝物のような日々

きつい研修

「えっ……俺？」

「そうよ。ユー（君）に質問してるのよ！」

ここは、ニューヨーク、マンハッタン、ウォール街にあるゴールドマン・サックス本社の大会議室。

１９９８年夏、私はアメリカにいる世界中の学生たちといっしょにサマー・インターンシップの研修を受けていた。およそ１５０人の顔ぶれだ。

指名されて、しぶしぶ立ち上がると、会議室の全員が私を白い眼で見ている。

アメリカ人も、イギリス人も、フランス人も、ドイツ人も、日本人も……、みんなだ。

彼らは、米国のＭＢＡ（経営学修士）ビジネススクールに在籍する学生たちで、20代から30代後半の男女。

研修と言っても、ただ座って受講しているわけではない。会場で担当教官から名指しで質問されて、みんなの前で能力を試されるのだ。当然英語で。

この日の担当教官は、20代後半の白人女性。私は34歳。

みんなに注目されるなか、彼女に質問を確認したいと伝えると、

「でしょうね。あなたは、今、私が話しているのに、寝ていたわよね」

恐い顔をしてズバリと言われる。

だれもがこの会社のフルタイムの就職内定を狙っているライバル同士のなかで、私は落ちこぼれだった。


質問は、「今日のNYダウ平均株価指数が、なぜ下がったのか」、というものだった。

そんなこと、わかるわけがない。

私の前職は日系の石油会社の営業だ。「おまえ、本当に油を売っていたんだなぁ」と、のちのちよく言われた。英語だってたどたどしい金融ド素人の私には、米国株式市場の最新の動きなんてチンプンカンプンだ。

とりあえず、適当に何かを答えようとする。すると彼女は、目をつり上げて言った。

「いいかげんな答えなんてだめよ！　わからないのなら正直に、『わかりません。答えを探してきます』と言って、この部屋を出て行けばいいのよ」

これは、私がこの会社で最初に教え込まれた基本姿勢だった。

「I don't know, but, I will find out.（〔今は〕わかりません。でも、〔必ず〕答えを探して

きます)」

会議室を出ると、体育館のように広い株式トレーディングのフロアに向かった。

午後5時、すでに一日の取引を終えたトレーダーたちが、自分の時間を過ごしていた。

冷めきったピザを食べている者、ブルームバーグ(経済・金融情報の配信サービス)で市場データの分析をしている女性、おもちゃのフットボールでキャッチボールをしている若手、デスクの書類の整理に追われている男性……さまざまだ。

このフロアに来ると、いつもドキドキする。異様な威圧感を感じる戦場のような場所だ。

一日の取引が終わった後の時間でも、近寄りがたい緊張感がある。

ここには、私の知っている人なんか一人もいない。

でも、だれかに教えてもらわなければならない。

なぜ、今日のNYダウ平均株価指数が下がったのか? を。

勇気を出して、いちばん優しそうな顔をしているトレーダーに近寄り、小声で訊《き》いてみた。すると、大声で、

「そっかぁー、ユー(おまえ)、あのきつい研修を受けてるんだ! 俺も、昔、受けたよ」

笑いながらそう言って、コンピューター画面に一日の取引をグラフにして出してくれた。

すると、周囲のトレーダーも2人、3人とのぞき込んで、話の輪に入ってくる。

彼らの説明では、株価の下落は、その日発表された雇用統計値が期待値より低かったからだと言う。さらに、どういうことかをくわしく説明してくれた。

私は、彼らに感謝して、またあの重苦しい会議室に戻って行った。

探してきた答えを、すぐにみんなの前で発表しないと、本当に落伍者にされてしまう。

貧乏留学生

サマー・インターンシップという制度は、米国の学生が夏休み中、企業で働くものだ。リクルーティング（採用活動）の一環だが、働いた期間は給料が出る。企業側にも学生たちにもいいのは、面接だけでは見えない相手が、お互いによくわかることだ。

私は、シカゴ大学のビジネススクールに自費で留学していたが、この夏休みのインターンには大いに期待していた。

なぜなら、貯金が底をついてきたからだ。企業派遣の留学生たちとは異なり、自費留学生の私は、この機会に学費や生活費を稼《かせ》がないと卒業できない。

留学前に日系の石油会社に6年間勤務したが、たいした貯金なんてできなかった。

自動車を売り払い、生命保険を解約し、家具まで売って、すべてを米ドルに替えた。

2年間の留学に1200万円以上ものお金がかかると知っていたら、はたして会社を辞めて留学なんてしただろうかと疑問に思う。私は、所持金がその半分くらいしかない、単なる下調べ不足のおっちょこちょいだった。


一方、留学中に娘がシカゴで誕生する。それ自体は素晴らしい感動的な出来事だったが、こうなると責任重大だ。

サマー・インターンでしっかり働いて、給料をもらい、何としても翌年にはビジネススクールを卒業しなくてはならない。そうしないと就職もできない。


この夏、私はゴールドマン・サックスという証券会社と、ブーズ・アレン・ハミルトンというコンサルティング・ファームの2社で働く。

2社とも米国での研修を終えた後、場所を東京に移して行う、都合16週間に及ぶインターン・プログラムが予定されていた。

私はニューヨークでの分きざみの研修を終え、家族といっしょに東京に戻った。

妻と生後2ヵ月の娘と14時間のフライトだ。生まれてわずか2ヵ月の赤ん坊を飛行機に乗せるなんて、普通はありえないと思う。

実力主義の世界

「おーい、大久保。スタバで、コーヒー買ってきてくれ……」

「はい、わかりました！」

私はトレーダー5人分のコーヒーを同じビルの1階まで買いに行く。

当時赤坂のアークヒルズにあったゴールドマン・サックス東京オフィスでのインターンが始まっていた。

コーヒーの買い出しを命じてきたのは、私より8歳も若いトレーダーだ。しかし、彼に悪気はない。いたって普通のことなのだ。


私は、実力主義という言葉をまったく理解していなかった。

前職の石油会社は、いわゆる日本式経営をしていた古い体質の会社だった。終身雇用、年功序列の組織。先に入社した年上の人間が先輩となり、後から入社する若い人間よりも職位が高いし、給料も高い。その関係がずっと続く。

入社以来、一生懸命働いていたが、3年もするとふだんの仕事に物足りなさを感じ始める。そして、取引先である総合商社のやり手営業マンたちが、海外赴任や企業派遣留学をするのを見て、うらやましく感じていた。

自分も海外に行って実力と自信をつけたいと思いだした頃、私の心中を察した上司から、社内留学制度で1年間、米国テキサス州立大学オースチン校へ行くように言われた。そして留学先でいろんな国の学生たちと仲良くなるうちに彼らに感化され、実力主義という言葉にあこがれ出す。年功序列制度とは対極の考えだ。

テキサスから帰国後、密かに米国のビジネススクールへの受験準備を進めた。なぜなら最初の留学は中途半端なもので、学位を取得できない聴講生だったからだ。従業員を企業にとどめておきたい会社側が、あえてそういう留学制度にしていた。一方の私は、それでは満たされない。就業後と週末を使い海外受験予備校に通い、約1年間をＭＢＡ受験のための本格的な留学準備に費やした。

そして翌年、シカゴ大学から合格通知が届く。

私は退職し、前の年に結婚した妻と2人でアメリカに渡った。

これで、古い年功序列制度の枠組みから抜け出し、やる気と適性のある人が評価される実力主義の世界に入れる。自分にも新しいチャンスが手に入る、と喜んだ。

それから1年後、どうなったか。

私は、東京で夏休み中のアルバイトであるサマー・インターンをしている。

そして今、年下のトレーダーに呼び捨てにされ、毎朝、コーヒーの買い出しをしている。皮肉にも、実力主義の世界に来てからわかった。自分こそが年功序列制度の恩恵を受け、組織から守られていたんだと。あのまま、元の会社に留まっていればよかった……。

しかし、私は34歳の学生で生まれたての赤ん坊の父親。いまさら後戻りはできない。このサマー・インターンの期間、お茶くみでも、コピーとりでも、なんでも引き受け、実力のある若い人たちに評価してもらわないことには、何も始まらない。

毎朝6時台に出社し、帰宅は夜10時過ぎ。長時間労働、ハイプレッシャーと称される過酷な外資系証券会社での日々。ここでは同業他社から引き抜かれたり、仕事に燃え尽きて転職することも頻繁《ひんぱん》で、従業員の平均在職年数がわずか4年余りという信じられない世界だ。みな若く、40歳以上の従業員なんて、なかなか見かけない。株式のフロアは、約3分の1が外国人で、日本語より英語を得意とする日本人も結構いる。

驚かされることばかりだが、この夏は家族を支えるために朝から晩まで働いた。

働くということ

秋、日本での仕事、仕事、の過酷な夏休みが終わり、私はシカゴ大学に戻っていた。

ビジネススクールの学生たちは、就職活動に大忙しで、もう授業どころではない。

私はと言えば、夏のインターン終了時に口頭でゴールドマン・サックス社からジョブ・オファー（内々定）をもらっていた。「君がうちで本当に働きたいのなら、正式なレター（採用通知書）を出してやるよ。いい返事を待っている」、そう言われていた。インターン中に任された分析レポートをほめられ、やる気のある積極的な性格と評された。

チャンスを与えられたことは、素直にうれしかった。しかし、生き馬の目を抜く外資系証券の世界で、まったく経験がない年配者の私なんかが、やっていけるのだろうか？　と今さらながら疑問に思っていた。意思決定のスピードが速く、過酷なまでに競争的な組織で働くことの大変さは、インターン期間中にいやと言うほど知った。

だから内々定はもらったが、自分に合う仕事・会社とはどういうものか見極めるため、他の企業の説明会にも出かけ就職活動を続けていた。

そして「自分は仕事を通じて何を成しとげたいのか？」という、一生涯の命題にも向き合っていた。

しかし、卒業後にどんなキャリアを積みたいかなんて、ろくに考えもせずシカゴまで来てしまった私は、なかなか答えを見出《みいだ》せない。

悩んでいた頃、出国前に相談したシカゴ大学の日本人卒業生の言葉を思い出した。

「上を向いて、積極的に頑張ってる人が、リスクを冒して挑戦し、たとえ失敗したとしても、どん底にまでは落ちない。世の中、そんなもんだよ。思いきって飛び込んでみればいいじゃないか」

および腰になり、しょぼしょぼしていた私の背中を、その一言が押してくれた。

私は、仕事を通じて自分の成長機会を欲している。成長するには、常に身《み》の丈《たけ》以上の要求をされる環境が必要だ。そして、ゴールドマン・サックスという会社は、そういう場所だ。入社してがむしゃらにやってみて、だめだったらだめでしかたがない。クビになったって別に死ぬわけじゃない。

英語が話せないのにアメリカにまでいっしょに来てくれた妻と、まだ赤ん坊の娘のために、そして自分自身のために頑張ってみるんだ。

1999年6月、シカゴ大学MBAを修了した時の所持金は、わずか80ドル（当時、9600円程度）。切りつめたギリギリの生活をしてなんとか乗りきった2年間だった。

ユーが必要だ

ゴールドマン・サックスで希望して就いた仕事は、マーケティング営業だった。金融未経験者が35歳での挑戦だ。

担当する金融取引は、日本では比較的新しい派生的な取引の一つ。前年に行われた法律改正により、これから本格的な市場拡大が見込まれるものだった。

新しい分野であれば、経験のない私でも第一人者になれるかもしれないと思い、選んだ。

結果的に、この選択は間違っていなかった。

しかし、とてつもなく苦労する。

経験者がいないので、相談できる相手が限られるからだ。

さらに厳しかったのは、社内で唯一このことにくわしかった上司が、私の入社直後に退職してしまったことだ。担当する仕事について、まだ何も理解していない私は途方に暮れた。

それ以来、毎日、電話に出るのが恐ろしかった。問い合わせが来ても、言われていることがわからず、きちんとした対応ができない。

調べてから折り返すと伝えるが、くわしい人がいないから調べようがない。間もなくすると、折り返しの連絡が遅いと、気が短い相手から怒りの電話がかかってくる。

「おまえ、俺からの仕事、やる気あんのか！」

社会人になってから、これほどの罵声《ばせい》をあびるのは、初めてのことだった。

毎日、毎日、未解決の案件が積み上がっていくと、さすがに精神的にまいってくる。しかも、毎朝6時台に出社して、家に帰るのが夜中の0時を過ぎる日々だ。週末も朝から会社に出て、未処理の仕事をこなす。強烈なプレッシャーのなか、少しの休みもなく、すり切れそうに働いていた。

そして1ヵ月後、ついに身体が悲鳴を上げ38度の熱を出し、会社を休んだ。

周囲の人は、これでもう、彼は仕事に戻ってこないかもしれないと思ったらしい。私自身も、このままでは3ヵ月ともたないと感じていた。

それでもなんとか会社に戻った矢先、ヨーロッパとアジア地域を統括しているマネージャーのアレックスが東京に出張してきた。

私の所属するチームのなかで最も職位が高く、部下が200人以上もいる。リンカーン大統領のようなひげをはやした人だった。

東京のビジネスと私を心配して、たった1日半のために急遽《きゅうきょ》ロンドンから飛んできた。

その間、彼と一対一での話し合いを3回も行った。

かといって、何か素晴らしい解決策があるわけでもない。

夕方、帰国の時間が近づいた頃、アレックスから言われた。

これから毎日、夜10時（ロンドン時間の昼過ぎ）に電話して、その日あった出来事をアップデート（経過報告）するようにと。

それから、私は毎晩彼に電話した。

要点をまとめたメモを作り、どこの取引先から、どういった依頼があり、自分としてはこう対処するつもりだ、となるべく手短に報告した。

日本の商習慣に決してくわしくない彼に、相談して指示をあおぐなんてできない。だから、自分なりに考えた解決策と対応を伝え了承を得る。毎日その繰り返しだった。

そして、15分ほどの電話の最後に、アレックスから必ずこう言われた。

「オクボサン、明日も絶対に会社に来いよ。ボクには、ユーが必要だ」

彼は、毎回ただそれを伝えたくて私に電話させていた。

何でもやります

「一生懸命、頑張りますので、なにとぞよろしくお願いします！」

私は、中華料理屋の円卓越しに深々と頭を下げていた。年が明けて、間もない頃のことだ。

相手の男性たちは、ちょっと困った顔をしている。

年配の部長さんと若い担当者2人。

ある金融機関の会社で、私が担当する取引先のひとつだった。


仕事は相変わらず、わからないことだらけの毎日だったが、このまま問い合わせ電話に対応しているだけでは進歩がない。そもそも営業職だから、外出もせず社内にいてはプレッシャーに押しつぶされる。

だから、早く自分の居場所が欲しくて、積極的に取引先を訪問し始めた。

訪問したら、不満もクレームも訊き出す。何か依頼されたら、どんなことでも、「はい、わかりました。私、やります」とだけ返事をすることに決めていた。

そうしないと、何も前に進まない。


再び円卓の向こうの部長さんに眼をやり、「何でもやりますので、私にお申しつけ下さい！」と威勢よく吐いた。

「じゃあ、大久保さん。今年の年末、ホノルルマラソンにいっしょに行こう」

唐突な依頼に返事に詰まった。若い2人の顔がニヤッとしている。何でもやると言った本人が、いきなり渋い顔をしているのだから、笑える。

実は、ランニングを敬遠する理由があった。

私は、中学・高校時代、陸上競技部に所属する400mの選手だった。400mという競技は学年別の種目ではない。だから、上位入賞者はみな3年生だった。

にもかかわらず、私は高2の春、長野県大会で予選タイムがベスト6に入り、翌年の優勝候補とまで言われた。当時は、地方新聞のスポーツ欄に自分の名前が出ているとうれしくて、記事のスクラップを練習ノートに貼り、宝物のようにしていた。

入賞した小さな大会の賞状を眺めては、もっといい記録を出してやる、と次の大会を目指す。思えば、純粋に陸上競技というスポーツに打ち込んでいた頃だった。

翌年の県大会で優勝して全国大会（インターハイ）に行けるものと信じ、部活にも一層熱を入れていた。

しかし、陸上にくわしい指導者が不在のまま、我流《がりゅう》で無茶な練習を続けていた私は、右ひざを故障する。すぐに治ると思い、痛くても練習を続けていたら、しまいには、ひざの曲げ伸ばしができないほどの痛みとなってしまった。たまらず大きな病院の整形外科で精密検査をしてもらった結果、成長期にひざに負担のかかる運動を繰り返し行ったため、靭帯《じんたい》が慢性的な炎症を起こしていると診断された。

手術して治療する方法もあるが、高校生には薦《すす》めないと言われ、結論はドクターストップ。いっさいの陸上競技は禁止となる。

17歳の秋、やるせない気持ちでいっぱいになった。夢のインターハイ出場に向けて努力して、きつい練習をこなして頑張ってきたのに……。

もう二度とランニングなんてするものかと、捨《す》て鉢《ばち》になった。

あれから、ぜんぜん走っていない。

しかし今、目の前の部長さんからホノルルマラソンに誘われている。

よりにもよって得意ではない長距離種目だ。正直、気が進まなかった。

いやそうな顔を隠せないまま、「わかりました……ごいっしょさせていただきます……」。

そう言うと、円卓のみんなが、わっと笑った。

訊くとその部長さん、マラソンが大好きで社内の若手をホノルルに連れて行こうと誘うのだが、みんな逃げ回るらしい。そこで、社内がだめなら取引先だと言わんばかりに手当たり次第声をかけるのだが、どこの証券会社の営業マンも、マラソンだけはかんべんして下さい、と丁重に断ってくるという。

趣味を同じくしたら取引してもらえるわけじゃないが、私は自分と約束していた。

どんな依頼も受け入れる、と。

ホノルルマラソンは、12月だ。まだ1年近く先のことだし、最後は歩いてゴールしたっていいやと思い引き受けた。

「自分で考えて、何かやれ」

ゴールドマン・サックスという会社は、従業員に対し常に新たなチャレンジを与える会社だ。試練と表現してもいい。

東京で働き出して、まだ3ヵ月も経たないうちに、こんなことを命じられた。

大規模カンファレンスの開催と、新規ビジネスの立ち上げ。

自分は異業種から来てるし、入社して間もないのだとマネージャーたちに泣きを入れるが、だからなんだ？　という反応だ。

やってもいないのに、できないとは言わせない。問答無用なのだ。

カンファレンスは、私が担当している金融取引に焦点をあて、丸一日を使う啓蒙《けいもう》セミナーだという。

年金基金関係者と機関投資家を中心に最低でも300名を集め、都内の大手ホテルクラスの大宴会場で開催する計画だ。

私の役割は、主催者として立案・運営を取り仕切り、さらに当日登壇して、その取引に関連した講演を行うことだという。正直、ちょっと待ってくれと思った。

私は、まだその取引について勉強中で、むしろ教えてもらいたいのは、私のほうだ。講演なんかしたら、会社が恥をかくと言ってはみたが、聞き入れてもらえない。

新人を実戦で起用し、早く使いものにする心づもりらしい。確かにうまく行けば、自信はつながる。しかし、うまく行かなかったらどうなるのか。私は戦々恐々とした。

それからは、頻繁にニューヨーク・オフィスに連絡し、同じマーケティング営業をしている同僚たちから、10年先を進んでいる米国のマーケット事情を教えてもらおうと必死になった。

もう一方の新規ビジネスの立ち上げは、もっと頭が痛かった。何をどうしたらいいのか、さっぱりわからない。

命じられたのは、法律改正により可能となった新しい取引手法の事業化だった。法律上可能になったとしても、取引が正確に執行され、決済、受け渡しといった実務が回るまでの道筋をつけることは容易ではない。途方に暮れて上司に相談してみたが、その時の返事を忘れられない。

「何をしたらいいか、考えるのが、ユーの仕事だよ」

会社では、「セルフ・スターター」という言葉をよく耳にした。自ら考えて、自ら行動する人間を指す。

指示待ち人間の対極にある表現だ。それにしても、形もないものを命じ、本当に成しとげてしまうことを期待するなんて、あまりにも求め過ぎだと思えた。

実は、そういった環境に身を置き2年も経つと、「自分で考えて、何かやれ」は好きなように思う存分やってよいと言われているように感じ出す。外資系証券の世界で、やがて私はこの言葉に胸が躍るようになっていくが、入社したてのこの頃、そんな余裕はなかった。

1年目のゴール

ホノルルマラソン参加を決めてからは、時々、皇居ランニングコースを走った。1周5㎞の歩道だ。周囲は緑が多く広々として、都心にこんないい場所があったのかと意外だった。

しかし、これをなかなか好きにはなれない。またひざが痛くなりはしないかと恐る恐る走っているし、どうしても地味くさい印象をぬぐえない。若い女性ランナーであふれている今とは違い、走っているのはオジさんばかりでスポーツの華やかさを感じない。

何より取引先から課せられたノルマのようなものだから、まったくもってつまらない。

ある時、その部長さんに電話し、仕事の報告のついでに走っていると伝えた。すると、うれしそうにマラソンの話ばかりする。そして、42・195㎞のフルマラソンを走るには、事前にハーフマラソン（約21㎞）を走り、力をつけるように言われた。結局、話の流れから本番の12月までに、いっしょに参加するハーフの大会をいくつも予定されてしまった。

1回だけホノルルマラソンにお付き合いすればお役御免、そう思っていた私に、世話好きの部長さんは練習メニューまで作ってくれた。


そして12月。ついにホノルルマラソンが間近に迫ってきた。

上司に出張扱いにできないかと、だめでもともとの相談をしたが、笑いながら、ありえないだろうと一蹴《いっしゅう》された。

しかたなく1年目に与えられていたわずかな有給休暇を取りくずし、いっさいの費用は自費となる。おまけにレンタカーを借りて、部長さんたちを観光にお連れし、現地での通訳もすべて引き受けることになった。

２０００年12月9日、オアフ島、ホノルル。

部長さんが手配してくれたコンドミニアム型ホテルに6人のランナーが集まった。

みな、彼が声をかけて集めた参加者だ。そのなかに、長年の友人となる安藤一貴《かずたか》さんもいた。私は、その取引先の子会社の社長さんと相部屋になり、コインランドリーから食材の調達と、４日間の生活を共にすることになった。

ホノルルマラソンについて、右も左もわからない私たちに、部長さんは、前日の受付から、レース当日の過ごし方まで手取り足取り教えてくれた。

普通のマラソン大会であれば、午前9時頃スタートするが、南国のハワイでは、気温が高くない夜明け前、朝5時にスタートするのだという。

こうなると、夜中の2時には起きて支度をしなくてはならない。時差ぼけのままで大丈夫ということだった。

こうして、盛大に行われたY２K（20世紀最後の年）の記念大会。大勢のランナーが、真っ暗なホノルル市街を出発し、延々と続く高速道路を、昇ってくる太陽の方角に走る。

6人とも、それぞれのペースで走り、ゴールで落ち合うことになっていた。

こういう時、取引先の部長さんより速く走ってもいいものなのか、要領がわからない。さきに完走したお客さんをゴールでお待たせするのもよくないような、かといって、私のほうが先にゴールしたら失礼のような、そんなことをあれこれ考えながら走っていた。

しかし、折り返してからは、余計なことを考える余裕もないほど疲れ出し、鉛のように重い身体をひたすら前に進めた。終盤にあるダイヤモンドヘッドの登り坂は想像以上にきつかった。ヘロヘロになり歩いていたら、沿道で応援していたアメリカ人にアスピリン（鎮痛剤）いるか？　と言われ、思わず手を出しそうになったくらいだ。

最後に落ち着いた住宅街を抜け、いよいよ見えてきたゴールゲート。

このレースが終わってしまうのを惜しむ気持ちと、早く終えて芝生の上で寝っころがりたい気分が交錯するなか、ラストランをした。

フィニッシュタイムは、４時間10分。

お供としてついてきたフルマラソンだったが、走り終え、胸にFinisher（完走者）と書かれたTシャツをもらった時は、少しばかり誇らしい気持ちになれた。

少しあとにゴールした部長さんは、私の完走をとても喜んでくれて、お互いが最高の瞬間を分かち合った。つらかった42・１９５㎞のゴールは、過酷だったゴールドマン・サックスでの1年目のゴールでもあった。

会社の一員

レース翌日、全身が極度の筋肉痛で私はもうお手上げだった。

そこへ、上司から大至急連絡を入れるようにとメッセージが届く。入社以来、頻繁に大至急という言葉を使われていたが、なにもこんな時にと思った。

電話すると、上司のフレッド・トーファイがこの年のボーナス額を伝えると言う。そんなことは日本に戻ってから教えてくれればよさそうなものだが、今日中に伝える必要があると言う。

彼から、私の今年の仕事に見合う報酬はこの額、と米ドルの数字を伝えられた。その内、すでに給料として支払ったのが、あの額なので、引き算で残りの額がボーナスだと言う。

1年半前の一文無しの貧乏パパからすると、ありがたい御手当だった。

急に大きな気分になり、妻にボーナス・プレゼントとして、ハワイのTシャツをたんまり買い込んで帰国したが、真冬に何でTシャツなのよ、とあきれられた。

年が明けて1月、我が家に息子が生まれた。将来のキャッチボール相手ができて、私は万々歳だ。娘も弟ができたと喜び、急にお姉さんの素振りをする。両家の両親も孫が増えたことを喜んでくれる。

会社は、社内一斉メールで子供の誕生を知らせるので、同じフロアの人たちはもちろんニューヨーク、ロンドンからもお祝いメールが届いた。いかにも外資系の企業らしい。

1年が経ち、私もこの会社の一員になれたという実感が湧いた。

マラソンの虜

ホノルルマラソンが終わり、年が明けたが、相変わらず走っていた。もう走らなくてもいいのに、ランニングが習慣になっていた。

週末、皇居を走っていると、平日の仕事で溜まりに溜まったストレスが薄れていく。

しかも、走るたびに皇居1周のタイムが縮まり、30代後半なのに自分の成長が数字でわかる。

私は皇居にある桜田門時計台を起点とし、1周のタイムを計っていた。そのあたりはちょっとした広場になっていて、水飲み場やベンチがある。

1周5㎞のタイムトライアル走をしたり、3周連続の15㎞を、設定した一定ペースで走るペース走をしたりと、陸上競技の教科書にある練習もやり始めていた。自分を追い込み思いっきり走ると、肺がゼーハー、ゼーハーして呼吸が追いつかないこともあった。

まるで高校の時の部活と同じだ。走ることで生きていることを実感し、今、長距離走に打ち込むことで、不完全燃焼に終わった高校陸上を、もう一度やり直している感じだった。

だれかに強制されるわけでもなく大会の予定を入れ、その日が近づくのを楽しみにしている。そして、レースに出場し始めると、単調な毎日にメリハリが出てくる。これがまた楽しい。どんどんマラソンの虜《とりこ》になっていく。

食わず嫌いって本当にあるもんだな、と私をこの世界に引き入れてくれた、あの部長さんに感謝した。

ただ、週末に練習だの、大会だのと出かけてばかりいると大変だ。2人の子育てに忙しい妻が、週末くらいは子供の世話をするようにと鬼の角を出す。そこで、思いついたのがスポーツタイプの三輪乳母車《うばぐるま》（ラン用バギー）に子供を乗せて走ることだった。

娘は、それに乗ると、大喜びでキャッキャとしていた。

マラソンをしていてさらに面白いのは、仕事抜きの友人が増えていくことだ。安藤さんも、あのマラソン部長さんからすすめられ走り始めた人だった。歳《とし》は私より2つ若く、学生の頃、ボート部で鍛えたというだけあり基礎体力は抜群だ。そして、いっしょの大会に出るたび、友人が増えていく。彼の友人の鈴木裕之《ひろゆき》さん、同じマンションの住人、会社の後輩、退職した女性の旦那さん……いろんな人と友だちになる。

そして、夏には暑気払い、冬は忘年会。みんなでワイワイと盛り上がる。

もっと驚いたのは、父まで走り始めたことだ。息子のことを、うらやましく感じたらしい。これも親孝行と思い、当時還暦を迎えた父と2人だけのランニングチームを作った。そして、胸と背中にチーム名を入れたおそろいのユニフォームを作り、大会に参加した。前泊する大会もあり、親子マラソン旅行で2人の時間を楽しんだ。

毎年春、荒川の土手を走る東京・荒川市民マラソン大会ともなると、妻と子供たち、さらに妻の実家の家族まで土手に来て、父と私が走るマラソンを応援してくれた。

もはや、ランニングは、私の人生にかけがえのないものとなっていた。

「卒業」

時間が経つにつれ仕事が楽になったわけではなかった。

だれも口に出して言わないが、アップ・オア・アウトという考えを意識させられる。（仕事人として）成長しろ（アップ）、さもなければ（オア）出て行け（アウト）、ということだ。

そして、一年を通じて、たびたびThank You（サンキュー）と題したメールが届いた。開けると、たいていこういう内容だった。

「今日が私の最後の出社日です。皆さん、長年サポートして頂き、ありがとうございました。この会社で素晴らしい時間を過ごしました。今後も連絡を取り合いましょう」

ゴールドマン・サックスでは、退職を「卒業」と表現する人が多い。私もそう呼んでいた。私よりあとに入社した人間が、自分より早く卒業するのも何度も見送った。

退職の理由はさまざまだが、実際にはよくわからないことも多い。多忙のあまり燃えつきたのかもしれないし、肩たたきにあったのかもしれない。いずれにせよ本人は、自分の成長の限界まで頑張ったのだから、サバサバしていることがほとんどだ。やれることはやったとの思いから「卒業」という表現にもなるのだろう。

もちろん、いい条件を提示されて同業他社に引き抜かれる人も少なくない。

実際、私と同時期にNY研修を受けた13人のうち、11人が4年以内に卒業した。

しかし、どんな理由で退職したにせよ、辞めてからしばらくして彼らと会うと、一様に表情が明るかった。要求度の高い強烈なプレッシャーから解放された喜びと、それまで頑張ったことの満足感から、顔にあったけわしさが消えていた。

そして、みな不思議と同じことを言った。

「ゴールドマンはいい会社だ。俺はあの会社には戻らないけど、おまえは残って頑張れよ」

振り返ると意外なものだ。入社1年目、膨大な仕事量からのプレッシャーでストレス・アウトし、毎日、会社を辞めたいと思っていた。しかし、今日辞めると自分に負けたみたいでくやしい。だから、もう1日だけ我慢してやってみる。それを繰り返していたら、結果的に長く居残った。

年賀状の写真

2003年、私が39歳になる年のことだった。

来年ついに40歳かと思うと気が滅入《めい》った。だから30代最後の年に何かして晴《は》れ晴《ば》れとしたかった。

そんな頃、ランニング雑誌をながめていたら、「サロマ湖100kmウルトラマラソン」の広告が目に入った。オレンジ色の夕日のなかをランナーたちが走っている影絵だった。

毎回、フルマラソンのゴールのあと、もうこれ以上走れないと思うのに、100kmなんて想像もできない。とてつもない距離だ。

でも、もし完走できたら、多少なりとも自分に納得して40歳を迎えられるかもしれない。

しかも、大会は6月の北海道。最高の季節に、広大な大地を走れるなんて幸せだ。

そう思い始めたら、今の自分にはとうていできそうにないこの挑戦をやりたくなった。

安藤さんを誘うとトントン拍子で話が進み、鈴木さんと3人で参加することになった。

この大会は、北海道の道東にあるサロマ湖の周りを13時間以内に走りきらなくてはならない。しかも、後半50㎞以降、10㎞ごとに制限時間がある厳しい大会で、いくらその先に行きたいと思っても、10㎞ごとにリタイヤ選手が出る仕組みだ。


やると決めてはみたものの、気がかりなのは妻の了解を取ることだった。

週末、走ってばかりで家におらず、練習から戻れば疲れて昼寝している亭主だ。ウルトラマラソンをしに北海道に行ってくるなんて、とても言い出せない。

考えに考え、思いついたのが、「北海道オホーツク海鮮家族旅行&ウルトラマラソン」というみえみえの企画だった。

でも、それが意外にあっさりと受け入れられた。

妻は、育児に疲れていて気分転換を欲していたのと、たまたま彼女の友人がゴール地点の常呂町《ところちょう》に住んでいたからだった。

鬼門の妻のお許しが出たので、やる気満々で北海道家族旅行の手配を進めていった。

そして、私の最大の楽しみはと言うと、１００㎞のゴールゲート直前で2人の子供たちと手をつなぎ、３人いっしょのゴール写真を撮ってもらうことだった。

そんなうらやましいことをするランナーたちが、毎年いるのを知ったからだ。

父親が１００㎞も走ったとなれば、子供たちも喜んでくれるだろう。

これで、来年の年賀状の写真は決まりだ。

浮かれる私は、ウルトラマラソンの本当の過酷《かこく》さをわかっていなかった。

初めてのウルトラマラソン

３月から４ヵ月は、かなり走り込んだ。

そして迎えた6月末、初めてのウルトラマラソン。

２００３年大会は、朝から小雨が降る肌寒い大会となった。スタートラインには、20歳から72歳までの男女２１３３人が、その健脚を披露するため全国から集まった。

朝５時、ピストルの音とともにスタート。前半は、雨がっぱを着て、ネックウォーマーをして走るほど寒かった。しかし昼までには雨も止《や》み、超長距離を走るには絶好のコンディションとも言える、日ざしのないすずしい天候に変わる。

どこまでも、どこまでも続く北海道の道を、ひたすら走り続けた。

50㎞以降はさすがに厳しく、60㎞の関門を制限時間の３分前、70㎞関門を2分前に通過する。強制リタイヤのボーダーライン上のランナーだった。

オホーツク海鮮旅行の妻はレンタカーに子供たちを乗せて先回りしては、路肩《ろかた》で「がんばれよー」と応援してくれる。家族が待つ次の地点をめがけ、ひたすら走り続けた。

80㎞関門を過ぎてからは、周囲のランナーたちもボロボロだった。

給水所でうずくまって動けない人、草むらで大の字に倒れあきらめている人。よたよたと行く私もそんな悲惨な光景をつくる一人だ。

もう走る力はなく、脚を引きずるように早歩きしては止まり、なんとかまた歩き出す。

苦痛に耐えて前へ進んでいたら、ついに100㎞地点が近づいてきた。

ゴールの手前で待っていた妻と子供たちに礼を言い、左手に娘、右手に息子と3人で手を取り合い、ついにゆっくりとゴールゲートをくぐった。

ゲートの向こうで完走者全員の写真を撮っているカメラマンが、照れ笑いをした私たち3人の写真を撮ってくれた。

表現しがたい達成感で胸がいっぱいになった瞬間、5歳の娘が私に言った。

「なんで、パパは、おじちゃんたちよりおそいの?」

確かに長いランナーの列のいちばん後ろのほうをフラフラになって走り、私の前に40代、50代の鉄人オジさんたちが、わんさかいるのを見れば、5歳児にだってわかる。

苦笑いとともに、初めてのウルトラマラソンが終わった。

宝物のような日々

その年、会社の引越しがあった。

ビジネスが拡大し従業員も増えるなか、最新のハイテクビル、六本木ヒルズへの移転だ。

当時は「ヒルズ族」という言葉ができるほど、勢いのある会社が集まってきた。

ライブドア、リーマン・ブラザーズ、ヤフー、楽天……。


私のチームの仕事も、顧客である海外投資家の運用資産額の増加とともに増え、ビジネスは破竹《はちく》の勢いで伸びていった。

マーケティング営業の私は、新しいビジネスの仕組みを考え、作り、営業する。毎月のようにディール（取引）が成立し、猫の手も借りたいほどだった。

長時間労働、ハイプレッシャーの環境に四六時中、身を置くと、極度の疲労は相変わらずだったが、やりがいのある仕事から得られる達成感は、計り知れなかった。


毎日、クタクタになって家に帰ると、元気な子供たちに癒《い》やされた。

息子は、おかえりなさい、と言いながら、玄関で私に跳びついてくる。それが楽しみで、彼が起きている間に家に帰ろうと努めた。

週末は、ビデオカメラで子供たちを撮影ばかりしているビデオパパになり、家族の思い出を記録に残した。

そして夏、冬、春と、幼稚園の長い休みがあると、長野の実家に家族で帰省した。娘は実家で飼っていた犬と仲良しで、息子は野山ではしゃぎ回るのが大好きだった。

ふだん二人きりの父と母は孫たちが来るととても喜び、毎晩ごちそうが食卓を埋めつくした。貧しかった留学生活から4年、39歳になった私は、何もかもが充実し始めた頃だった。


そして私は、生きがいのマラソンにますます夢中になり、自己記録を更新していく。翌年2004年の渡良瀬《わたらせ》遊水地マラソン（栃木県）で3時間25分、ハーフマラソンは、同じ年の諏訪湖マラソン（長野県）で1時間29分。

魅力に取りつかれたサロマ湖100㎞ウルトラマラソンは、2003年以降連続して4回出場し、すべて時間内完走。

家族、仕事、マラソン、すべてが宝物のような日々。


私の人生を脅《おびや》かす悪夢の予兆なんて、どこにもなかった。

第二章　悪い夢

大怪我

２００７年2月11日、長野県軽井沢町。
すべては、この日ここから始まった。

当時42歳。子供たちは8歳と6歳になっていた。

この年は、第1回東京マラソンが開催される年だった。残念ながら東京マラソンの抽選には漏れたが、また6月のサロマ湖１００kmを走る予定だった。自身5度目の完走と自己ベストタイムの更新が目標だ。

この日は、2月の3連休を使い、家族で軽井沢の民宿にいた。

朝6時、真冬のこの時間、外はまだ薄暗い。ランニングウェアに着替え、家族を起こさぬよう、そっと部屋を出る。それでも出がけに、「走ってくるの？」と妻が眠そうに言った。

「うん。ちょっと、行ってくる。起こしちゃって、ゴメン」

さすがに外は寒かった。凍《い》てつくような長野県の朝だ。気温は、マイナス10度以下。あまりに寒いので、1時間程度のジョギングにするつもりだった。向かったのは、軽井沢の別荘地。山道だから、かなり負荷がかかるトレーニングコースだ。

冬の別荘地は美しい。木の葉が落ち、洒落《しゃれ》た別荘の全容があちこちに見える。まるで北欧の国にでもいるかのようで、そのなかを走るのは気持ちがいい。

シャカッ、シャカッと、ウィンドブレーカーが擦れる音が静寂のなかに響く。あとは鳥が鳴き、時々、木から雪が落ちる。そんな音しか聞こえない。


下りに入った時だった。てっ、てっ、と足を運んだら、凍った路面に左足をとられた。即座に右足を着地させたが、重く鈍い音がした。あっ！　と声を上げると同時に尻もちをつき、坂を転げ落ちていった。気がつくと、右足首がグラグラになって立ち上がれない。

冬の避暑地の早朝なんて、まったく人通りがない。震えが止まらず、絶望的な気持ちで、しばらくうずくまっていたが、運良く通りかかった車に救護され病院に運ばれた。軽井沢の病院では、とても対応できない大怪我だと言われ、大急ぎで妻が運転する車で東京に戻り、そのまま西新橋にある東京慈恵会医科大学附属病院の整形外科に入院した。

これで、今年のサロマ湖１００㎞マラソンはなくなった、と大きく落胆した。

電気ドリルと金属ワイヤー

高校の時のひざの故障以来、風邪以外で病院に行った覚えがない。だから救急病院など縁遠いものだった。

救急室でストレッチャーと呼ばれる折り畳み式の医療ベッドに横たわりながら、右足を見ると泣けた。

通常の2倍にはれ上がり、当て木がなければモップの先のように、だらりと垂れる。

整形外科の医師は、レントゲン写真と私の足を見て、なんとも悩ましい顔をした。

受けた説明では、右足関節の外果骨《がいかこつ》が真っ二つに折れていて、さらに内側の三角靭帯も断裂しているという。

ひどい怪我だ。

にもかかわらず、すでに他の患者たちの手術予定がびっしりあり、手術室が空くまで4〜5日かかるという。待たざるをえない。

さらに手術までしばらく日が空くので、牽引《けんいん》の必要があると言う。よくわからないので訊くと、このままでは筋肉が萎縮《いしゅく》して硬く縮まるらしい。そうなると、手術の際、筋肉が伸びず骨をつなぎ合わせられないと説明されたが、私の理解は追いつかない。

医師は「ちょっと待ってくださいね」と言い、その場を離れると、両手に医療器具を持って戻ってきた。

電気ドリルと金属ワイヤーだった。

「つまりですね、ドリルでかかとに穴をあけ、ワイヤーで引っぱって固定するんです」

「えーっ、足に穴あけて、針金で引っぱるって言うんですか？」

「そうです」


衝撃的だが、選択の余地はない。もう、どうにでもなれと了解した。

それから……。

看護師2人が、私の右足を持ち上げ、台の上に固定すると、ウィイーン、ドゥルルルルー、鋭く、時に鈍い音とともに、肉と骨に穴をあけていく。

骨折の痛みと、ドリルの痛みと、どれがなんの痛みかわからぬまま処置は終わった。

気がつくと右足はワイヤーで引っぱられ、医療ベッドの端につながっている。

そのままベッドごと、入院病棟の9階に運ばれ、6人部屋のすみに置かれた。

翌朝、病院のベッドで目覚めた私は、なんとも不快だった。

それはそうだ。

片足を、ワイヤーで固定され不自由このうえない。

早速、会社にメールを送り、ことの次第を報告する。

そうこうしているうちに手術が4日後と決まり、それからは検査の連続だった。

手術前日、執刀する油井《ゆい》という先生からの事前説明があると言われ、妻といっしょに出向くと、なんと部屋にいたのは女性だった。

私はてっきり、整形外科の第一線で働く医師は、男性だろうと思い込んでいた。私より年下に見受けられたが、白衣を着て、さっそうとしている油井直子先生には貫禄があった。

先生は卓上の手術説明同意書に沿い、手術の名称と方法、予想される合併症と危険性、さらに期待される効果を説明してくれた。

これをインフォームド・コンセントと言う。

つまり、医師が手術や治療方針などについて十分に説明を行い、患者がその治療について同意する儀式だ。説明のあと、患者は同意書にサインする。

その手術とは、右足首の外側、くるぶしから上に8㎝切開し、2本のスクリューボルトで骨をつなぐ。そして内側、くるぶしより下へ7㎝切開し三角靭帯を縫い合わすというもの。かかる時間は5時間超。結構、大変な手術だ。

素っ裸

2007年2月16日、手術の日。

午前中、若い男性医師がやって来て、左腕に点滴注射を打った。そして私は、ホック式の手術ガウンに着替える。ガウンの下は、何も身につけていない。

恥ずかしいが、こういうものなのかと思った。

午後、いよいよ「入室」の時刻がきた。病院では、手術室に入ることを入室と言う。車輪の付いた医療用ベッドに横たわり、手術室のある中央棟3階に運ばれた。


クリーム色の大きな扉が、自動で開け閉めされ、中に入ると様相が一変した。

まるで港の倉庫のように、ずらりと部屋が並び、各入り口の上に数字が書かれている。№9、№10、№11。それぞれが手術室だ。

すでに手術中の部屋もあれば、準備中の部屋もある。ベッドのまま手術室に運ばれると、中はまるで広々とした厨房《ちゅうぼう》のようだった。私は、ベッドから手術台に移動した。横幅60〜70㎝の台で、肩幅とあまり変わらない。

あまりの狭さで落っこちやしないかと心配したが、無駄なスペースを作らない、作業効率重視の手術台だ。

その上でガウンをはがされ、素っ裸の私の身体の周りに白い小タオルが、次々とくさびのように埋められていく。私はすっかり動けなくなった。頭上には、ＵＦＯのような照明がつり下がっている。これにピカーッと照らされると暑いくらいだ。

次に、麻酔科医が私の腰椎《ようつい》に麻酔を打ち出した。

腰から下が徐々に重くなり、やがて下半身が消えてなくなったかのようだ。

間もなくして、水色の手術着に全身を包んだ油井先生がやってきた。心細い私に声をかけてくれる。

「大久保さん、大丈夫?」

「先生、なんか怖くなってきちゃいましたよ……」

「大丈夫。すべてうまくいきますから」

その自信から、小柄な彼女がとても大きく見えた。

すでに手術室には医師と看護師が7〜8人いる。

やがてマスク越しにだれかが言った。

「今から油井先生による術式を始めます」

「患者は大久保淳一さん。観血的整復固定術、及び、靭帯縫合術です。現在、時刻、午後1時11分XX秒」

「では始めます」

ピッ、ピッ、と医療機器が発する電子音、カチャ、カチャ、という手術器具の音。

朝からの緊張ですっかり疲れていた私は、自然と寝入ってしまった。

看護師さんの呼びかけで私は眠りから覚めた。すると、そばにいた油井先生が言った。

「無事に終わりましたよ。お疲れさまでした」

その声を聞いて、ホッとしたのを覚えている。

リハビリの日々

手術を終え病室に戻った私は苦しんでいた。

発熱し38度4分もある。

5時間の外科手術だ。当然のごとく血液中の炎症反応値は高い。抗生物質を点滴で投与して感染予防をした。当初心配したが、翌々日の日曜日には37度台まで下がった。

その日曜日、2007年2月18日。

朝からの冷たい雨にもかかわらず、妙に外がさわがしい。

「なんだろう」と思い、車椅子で窓際まで行ってみた。

すると色とりどりのウェアを着たマラソンランナーたちが、イモ洗いのように日比谷通りを走っている。歩道は応援の人たちと見物客で、ごった返している。

記念すべき第1回東京マラソンだった。

まるでリオのカーニバルで、冷たい雨を吹き飛ばすかのような熱気だ。

みんな本当に楽しそうだ。

骨折して車椅子に座っている自分とは、あまりに対照的だった。

しかし、窓越しにランナーたちを見ていたら、逆に燃えるような気持ちになってきた。

今は、うらやましいけど、絶対にこの怪我を治して、マラソンに復帰してみせる。

高校陸上の時のようなインターハイ出場の夢を断念というわけでもないし、一生涯走れないわけでもないはずだ。

そう思うと、マラソンに懸《か》ける思いは、以前にも増して大きくなっていった。


それからは、リハビリの日々だった。

毎日、車椅子でリハビリセンターに行くと、理学療法士の下地大輔君が私についてくれた。スポーツ刈りの青年で、いつもニコニコしている。松葉杖を使って階段の上り下りの練習、マッサージ、ストレッチ、さらには筋力トレーニング。

私はここに来ることが楽しみになった。

気味が悪い

手術から2週間。1回目のギプス交換の日だ。

油井先生が、右足のギプスを大きなハサミで、ジョキ、ジョキ、ジョキと切った。

19日ぶりに見た自分の脚には、がっかりした。ふくらはぎの下腿三頭筋《かたいさんとうきん》は、フニャフニャで筋肉がガタ落ちになっていた。

抜糸が終わると再びギプスが巻かれた。経過は順調で1週間後には退院できると言う。


ただし、ひとつ気になっていることがあった。

それは体温だ。

なかなか平熱まで下がらない。毎日3回検温するが、37度台だ。正直、気味が悪いのだが、どの医師と話しても、検査結果に感染症等の疑いは出ていないと言う。

なんだろう？　筋力トレーニングのし過ぎかな、とやり過ごすしかなかった。

硬い小石

2007年3月8日夜。

入院病棟の夜9時半。

患者たちは消灯し、眠りにつく時間だった。そんななか、私は寝つけなかった。

大変なことを見つけてしまったからだ。

直感的に、非常にまずいことなのだろう、とわかる。
睾丸《こうがん》の大きさが、右と左でまったく違い、右側は硬い小石のように小さくなっている。
「昔から、こんなだったのかもしれない」と自分にうそぶく。
しかし、そんなことはないはずだと自分でもわかっている。
いまだに続く発熱は、これが原因なのだろう。
だれかに相談したいが、巡回する看護師には恥ずかしくて言えない。
不安で押しつぶされそうな気持ちになっている。
こういう時、人間の心は弱いものだ。現実を受け入れられない。
とりあえず今は黙っていよう。明日には元に戻っているかもしれない……。

翌朝、どんよりした気持ちで目覚めた。
起きても、すぐには睾丸の状態を確認する勇気がなかった。まず体温を測る。
38度4分。
くやしい、まだ熱がある、といらだつ。
そして、勇気を出して触ってみた。
明らかに大きさが異なる。硬さも違う。心が窮屈で、息をするのが億劫《おっくう》なほどだ。

そして、いつもの午前の回診の時間。整形外科の若い先生と看護師が病室に来た。

「先生、お話があるのですが。看護師さんは、病室から出ていただけませんか」

怪訝《けげん》そうな顔の先生から視線をそらした。そして震えそうな声で言った。

「先生、睾丸の大きさが、左右で全然違います。手術の時の導尿チューブからバイ菌でも入ったんでしょうか？」

とたんに彼の顔色が変わり、くわしく聞かれた。

どういうわけか、その会話の記憶がない。覚えているのは、整形外科の先生たちが入れ替わり立ち替わり私の病室に来て、真剣な面持ちで質問されたことだけだ。

そして、すぐに泌尿器科の外来に行くよう指示される。

すべてが恐ろしくて、たまらなかった。

ＡＦＰ

泌尿器科の外来は隣の建物の４階にあった。行くと50代後半から70代の男性ばかり、待合室にあふれていた。子供も女性もいない。なんとも重苦しい雰囲気のなか、車椅子に座り診察の順番を待っていた。どれくらい待っただろうか、カチカチという壁かけ時計の音がいやでたまらなくなった頃、私の名前が呼ばれた。

「大久保さん、７番の部屋にお入りください」

男性医師の声だ。返事はしたが車椅子なので、なかなか診察室の中に入れず困っていると、先生からドアを開けてくれた。

「あ〜、こうなっちゃってるんだ。足を骨折して入院されてるんですよね」と言い、部屋に通してくれる。

医師の名前は木村高弘先生。優しい顔つきの人でテキパキと話す。私より若そうだが、医者としての風格がある。

診察室に入ると机の上に解剖された男性性器のプラスティックの模型があった。決してグロテスクでも、いやらしくもない。

彼はゴム手袋をはめ、隣の部屋に移動するよう指示した。そこは暗室で検査機器があった。フレームのないメガネの奥で、先生の眼が真剣にモニター画面を見ている。

診察を終えると、看護師に至急検査手続きをするよう言った。超音波検査、レントゲン撮影、血液検査……。

実は、私は注射針が、大の苦手だった。

採血が怖くて、昔、健康診断の最中に貧血になったことすらあった。

超音波検査では、再び真っ暗な部屋に横たわり、検査技師にパソコンのマウスのようなもので、性器を調べられた。無言のなか、カチャカチャという冷たい音が響いた。

「すみません。何の病気なんですか？」努めて明るくたずねてみた。

「それは先生から説明されます」とそっけない。

なんなんだ、なんなんだ、なんなんだ。

じれったくなった。早く事実を知りたい。いったい身体の中で何が起こってるんだ？　どうせ、聞いたこともない病名を言われ、治療薬を処方されるんだ。そして先生は、「しばらく、この薬でようすを見ましょう」と言うに決まってる。

そんなふうに信じたがっていた。


一連の検査を終え待合室に戻ったが、緊張から、心身ともに疲れきっていた。

木村先生に呼ばれ、再び診察室に入ると、彼は私の目を見ながら、ゆっくり話した。

「大久保さん、ガンの疑いがあります。精巣腫瘍《せいそうしゅよう》です。緊急で手術台の予約を入れました。手術は、1週間後です」


とたんに、頭の中が真っ白になった。

何かの病気だとは覚悟していたが、ガンとは思いもしなかった。それに、精巣腫瘍なんて聞いたこともないガンだ。

「先生、ガンの疑いってなんですか！　ガンかどうかもわからないのに手術して取り出すんですか？　もし、ガンじゃなかったら、どうするんですか！」

混乱して、思いつく限りの言いがかりを並べた。

しかし、木村先生は優しい口調を変えない。

「ガンかどうかは、最終的には病巣《びょうそう》を取り出し、病理検査によってわかるものです」

病巣？　病理検査？　耳慣れない言葉ばかりだ。それはそうだ。私は病院なんて縁遠い健康なランナーだ。

「しかし、ＡＦＰが23もあり、これだけ高ければガンを疑うのは当たり前です。ＡＦＰというのは、腫瘍マーカーのひとつです。画像検査上も、異常を確認しています。何より、触診によって大久保さん自身に自覚があるじゃないですか」

ＡＦＰ？　腫瘍マーカー？　わからない医療用語に圧倒され、ますます不安になる。

「でも、本当はガンじゃないんじゃないですか？　どこかから、バイ菌でも入っただけなんじゃないですか？」

信じたくない思いから、必死の抵抗をする。

「泌尿器科の医師として、私は、精巣腫瘍を疑います」

だめだ、だめだ、これじゃ、本当にガンになっちゃう。質問を変えなくてはだめだ。

「先生、私はマラソンランナーなんですよ。睾丸がひとつなくなると、バランスが悪くなって、走りにくくなりませんか？　それ困っちゃうんですよ」

木村先生はあきれたような顔をして言った。

「大久保さん、一刻を争うんです。精巣腫瘍は、進行の速いガンです」

それを聞き、もうなにも言葉が出てこなかった。

「確か、大久保さんは今日、整形外科を退院されるんですよね。とりあえず、退院していただき、明日、またこちらの外来に来られますか？」

そうだ。今日はめでたい退院の日だった。

「パパはガンじゃない」

翌日の外来の予約をとり、私は泌尿器科をあとにした。

一方、退院の手続きをとっていた妻には待合室で伝えた。

ガンの疑いがあること、明日また泌尿器科の外来があること、そして1週間後の手術の予定。睾丸に異常を見つけたことは、昨夜電話で伝えてあった。だから彼女なりに、万が一の覚悟はしていたようだ。

それでも2人して、経験したことのない重苦しい気分になっていた。

1ヵ月ぶりに自宅に戻ると、子供たちが大喜びで迎えてくれた。もちろん私もうれしいのだが、心の中はどんよりしている。

しかも熱は38度台のままで、身体も心もくたくただった。


夕食を済ませ、妻と『家庭の医学』を開く。分厚い医学事典だ。

精巣腫瘍を調べるが、おたがい首をかしげる。

記されている症状に私の場合とは違う点があるのだ。少し楽な気持ちになってくる。そして、妻が言った。

「パパは、ガンじゃないような気がする」

「うん、俺もそう思う」

2人とも、全力でガンという病名から逃げたがっていた。


翌朝、1ヵ月ぶりに自宅のベッドで目が覚めた。体温は38度6分。

朝食を済ませ、今度はパソコンで病気について調べた。

今はインターネット上に、さまざまな情報がある。腫瘍マーカーとは、たんぱく質、ホルモン、酵素等で、血液中にある量が正常値内かどうかを診て、ガンの可能性を測るものだ。

精巣腫瘍に特有な腫瘍マーカーは、3つ。LDH、AFP、そして、HCG－β。

どれもこれも聞きなれないが、昨日、木村先生から伝えられたAFP（アルファ・フェトプロテイン）はたんぱく質で、正常値は10以下。私は23もあった。

ネット検索を終え、妻と病院に向かった。到着すると、すぐに採血し、その結果を伝えられた。腫瘍マーカーＬＤＨ（乳酸脱水素酵素）の数値は、８３５。目をおおいたくなるほど高い。正常値は２３５以下だった。

ガンの可能性を告げられてから24時間が経ち、検査結果も目《ま》のあたりにして、妻と私は、今置かれている状況をかなり理解し始めていた。

この日の最後に木村先生から伝えられた予定は２つ。手術について説明を受ける次回の来院予定、そして、16日午後2時の手術執刀予定。

いずれも重要な日になる。

妻といっしょに診察室を出たときには、残念ながら納得していた。

ランス・アームストロング選手

熱は、39度近く。ボーッとしている頭で、あれこれ考えた。

俺は、なぜ、ガンになってしまったんだろうか。

ガンになったことで、人生は、どう変わるのだろうか。

子供たちは、まだ幼い。我が家は大丈夫なのだろうか……。

考えてもしかたのないことばかりだった。

私は健康に自信があった。タバコは吸わない。食事に好き嫌いはない。好んでジョギングをする。週に5回も走っている。毎年の人間ドックで悪い結果は出たことがない。

なぜだ？　という気持ちはあったが、意外と心は腐っていなかった。

それは木村先生が、ランス・アームストロング選手(*)のことを教えてくれたからだ。アームストロングは、プロの自転車選手で、ロードレースの最高峰、ツール・ド・フランスで優勝した選手だった。同じ精巣腫瘍を患い、ガンを乗り越えた英雄だ。

強靱なプロスポーツ選手ですらガンになる、と早い段階で教えられたおかげで、被害者的な気持ちは、さほど湧いて来なかった。ただ、ガン患者になったことへの不安は強かった。治っても、ガンを患った者として、これまでと違う人生になるのでは、と感じたからだ。

以前テレビで観たドキュメンタリー番組を思い出していた。それはガンを患ったサラリーマンが、窓際に追いやられたり、退職をほのめかされる内容だった。ガン患者には、何とも寂しい人生が待っているように私には映り、自分もそうなるのかと思うとつらかった。

この頃、すでに私と妻の両親も、私にガンの疑いがあることを知っていた。妻が連絡したのだ。やがて実家の母から電話があり話した。いや、話さざるをえなかった。

「具合はどう？」

「熱がある。38度２分」

そっけない言い方だ。私はガンのことはあえて話題にせず、骨折の話ばかりする。母は我慢しながら、たずねた。

「手術すれば、治るの？」

その質問にイラッとした。

「そんなこと当たり前でしょ！　そのための手術なんだし、そういうもんでしょ！」

ついきつい口調になってしまう。考えてもいない「手術で治らないことってあるのかな？」みたいな気持ちにさせられるのが、いやでたまらなかったからだ。

母は、昔から心配性で、しかも、それをつい言葉に出してしまう人だ。

「昨日、アマゾンで日本泌尿器科学会の取扱規約を注文したんだ。それを読めば、もっとくわしくわかるはずだよ」

「そのアマゾンって何なの？」

「……インターネットの書店！」

イライラしていた私は、つい大声を出し、受話器を妻に渡してしまった。ひどいことをしたと思うが、母の気持ちを考える余裕なんてなかった。

数日後、待ちに待った本が届いた。『ただマイヨ・ジョーヌのためでなく』（ランス・アームストロング著　安次嶺佳子訳　講談社）。これもアマゾンで注文した本だった。それによると、彼は25歳の若さで精巣腫瘍（睾丸ガン）を発病した。プロの自転車選手として売り出し中の時である。読んでいくと、こうある。

「どんなに品行方正で、体が丈夫な人でも癌《ガン》になる」

とても賛同でき、感謝すべき一文だった。


でも、将来に対する不安はそのまま残った。ランスは元々有名なスポーツ選手だから、もう一度、人生をやり直すチャンスに恵まれたのではないだろうか。特に秀でた何かがあるわけでもない私に、今後、どれほど再挑戦のチャンスがあるのだろうか……。

（＊）アームストロングは、ドーピング（薬物使用）が発覚し、ツール・ド・フランス7年連続優勝の輝かしいタイトルを剥奪される。そして、世界中のファンたちが失望する。しかし、私にとっての彼は、いまだにヒーローだ。なぜなら、ガンを克服した英雄であることには変わりないからだ。おそらく、そう感じているガン患者たちは少なくないだろう。

いやなことばかり

２００７年３月13日。

木村先生の外来の日だ。この日、先生は私と妻に手術について説明してくれた。

例によって、机の上には手術説明同意書が広げられている。現在の診断名と病状、予定している手術、想定される合併症や偶発的な危険性……。

しかし、私が知りたいのは、手術後のことだった。

何日くらいで退院できるのか？

会社にはいつから出社できるのか？

私にとって、とても大事なことだ。


手術の時間は5時間程度。下半身のみ麻酔をするので、手術中、私は意識がある。入院は1週間程度。1〜2ヵ月もすれば、会社に戻れるというものだった。

私は早く復職したかった。ただでさえ足の骨折で、1ヵ月も会社を休んでいる。

しかし、先生は言った。

「精巣腫瘍の患者さんたちに、おすすめするのが、転移を予防するための、1クール、３週間の抗ガン剤化学療法です。大久保さんも手術後にやられてもいいかもしれません」

抗ガン剤化学療法？

仕事復帰まで2ヵ月かかると言われているのに、さらに他の治療を受けるなんて、私には受け入れがたかった。

競争が激しい外資系証券会社だ。もし3ヵ月も休めば、会社は私の代わりの人を雇うかもしれない。復職できても、別のだれかが、私の席に座っていてもおかしくない。

一刻も早く、ガン治療を終わらせ会社に戻らないと、せっかく苦労して築き上げてきたキャリアが、病気ごときでメチャクチャにされてしまう。

初めて聞く抗ガン剤化学療法のことは、とりあえず脇に置いた。

まずは3日後の手術だと思い、先生の診察室を出た。

それから自宅に戻り、さらにいやなことに気づく。両乳首が硬く、ゴリゴリしている。睾丸と言い、乳首と言い、なんとも恥ずかしい部位ばかりだ。

いやなことばかり起こる。この身体の中で、一体何が起こっているんだ……。

会社への報告

こうなってしまった以上、しなくてはならない大切なことがあった。

会社への報告だ。

私の上司、フレッドは、温和なアメリカ人で8年以上もの長い付き合いだ。彼には、私の今の状況を、きちんと報告しなくてはならない。

部下がガンを患ったとなれば驚くだろうし、彼もまた上司に報告しなくてはならない。骨折の回復具合は、電話で連絡していたが、ガンの報告はまずメールにした。

「フレッドへ、骨折の回復は順調です。週末に予定通り退院しました。しかし、新しい報告があります。実は、私はガンを患っています。今週、金曜日に手術が予定されていて、1週間ほど入院します。会社への復帰は、1～2ヵ月後になりそうです。迷惑をかけてごめんなさい。チームのみんなにも伝えてください」

なるべく心配させぬよう、あっさりとした柔らかい英文にし、彼がメールを読んだであろう頃に電話した。

細かいやりとりは覚えていないが、フレッドが言ったことは、こんな感じだった。

「ガンと聞き、今、とてもショックを受けている。病気だからといって謝らないでほしい。ガンになって、オクボサンがいちばんつらいとわかっている。ボクはできる限りのサポートをしたい。オクボサンが戻ってくることを、心から待っている」

心のこもった言葉を返され、ホッとした。

不思議な光景

２００７年3月15日、入院の日。

早朝に支度をし、妻の運転する車で入院病棟までやってきた。

手続きを終え、案内された17階まで上がった。そのフロアは、中央に長いナース・ステーションがあり、両側に病室がずらりと並んでいた。そして通路がナース・ステーションを囲むように、ぐるりとある。

その通路を、点滴棒を押しながら、パジャマ姿の患者が何人も、とぼとぼと歩いていた。

俺も、あれをやるのかな……。

そう思いながら、初めて見る不思議な光景を見ていた。


案内されたのは、４人部屋。

荷物を置きしばらく妻と声をひそめて話していた。他の患者がいるので、遠慮がちになる。この雰囲気に慣れるのかな、と妻が帰ったあとのことが心配になり始めた。

まるで託児所に預けられる子供のような気分だ。

しばらくして、カタ、カタとワゴンが移動する音が近づいてきた。カーテン越しに、「大久保さん、よろしいですか？」と男性の声がした。

開けると、何とも男前の若い医師が立っている。この人が、私が運命をゆだねる、次なる医師、讃岐《さぬき》邦太郎《くにたろう》先生だった。

大学附属病院のような大きな病院では、病棟担当の医師が、患者の副担当医となる。私の場合、木村先生が主担当医、讃岐先生が副担当医である。そして入院中、接する頻度が最も多いのが讃岐先生となる。

簡単な説明の後、彼が優しい口調で訊いた。

「確か個室をご希望ですよね。今日の午後、ひとつ空くのですが、そちらに移られますか？明日、手術ですから、ご希望の個室のほうがいいかと思いまして」

心配ごとが、ひとつ減って、気が楽になった。

個室への引越しまで、私と妻はラウンジで時間をつぶすことにした。思いがけず、のんびりした気分になる。

しかし、その時だ。後ろの巨大な自動扉が急に開き、運搬専用の巨大なエレベーターからベッドが出てきた。点滴がぶら下がっているスティール製のベッドのなかで患者がぐったりしていて、看護師2人が前後につき、移動している。心配そうな家族も付き添っている。たった今、手術を終えた患者が、病棟に戻ってきたところだった。にわかに緊迫した雰囲気がただよい、ナース・ステーションの看護師たちもバタバタし始めた。

俺も明日ああなるのか。手術が無事に終わってほしい。願うのはそれだけだった。

ガン摘出手術

２００７年3月16日、摘出手術の日。

朝起きると、ラウンジに出かけた。

お年寄りが2人車椅子に座り、元気なく、朝食を食べていた。

８時になると、看護師たちがナース・ステーションに集まり、打ち合わせを始めた。当然、「１７０５号室の大久保さんが午後2時から手術」と確認されたはずだ。

ほどなくして、長野から上京してきた母が、見舞いに来た。何とも、しんみりした顔だった。私の近くで妻と母がいろいろ話していたが、内容はよく覚えていない。

私は黙って、入室の時間を待っていた。

この手術で、すべてが終わる。熱も下がるだろうし、体の痛みもなくなるんだ……。

手術ガウンに着替え、点滴が始まった。

いよいよ、ガンとの闘いに行く。

私は車椅子に乗り、手術室に向かった。

手術室の中は、例によってドラマで観る手術シーンのセットそのものが並んでいた。天井からぶら下がる巨大な丸型照明器が、煌々《こうこう》と輝いている。医療機材が手術台の周りを囲み、電子音を発している。私はその中央に連れてこられ、指示通り手術台に横たわる。みな、水色の手術着、キャップ、マスクで全身を包んでいて、だれがだれだかわからない。

私は手術ガウンをはぎ取られ、全裸になった。

骨折手術の時とは違う緊迫感が漂う。

この手術も腰椎から下半身のみに麻酔をかけ、私自身は意識のある手術だ。

麻酔科の医師が、腰に近い脊椎《せきつい》の下部から麻酔を入れ始めた。背骨に針を刺すのだから、当然痛い。骨折手術の時より格段に痛くて、脂汗が出る。

麻酔が打たれて10分ほど。下半身の感覚がまったくなくなった。麻酔が効いたことを確認すると、看護師が私の胸のあたりに、白いついたてを置いた。

「これ何ですか？」

「患者さんが手術の現場を見るのは精神的によくないから、これを立てておくんです」

直後に、木村先生が言う。

「音楽入れていいよ」

すると、手術室のスピーカーから曲が流れ始めた。リラックス音楽でもない、活気のある音楽でもない。しかし、あると気がまぎれるものだった。そして、だれかが言った。

「よし、術式を始めよう」

年配の看護師が続ける。

「2時16分XX秒、執刀をお願いします」

ついに始まる。今から私の鼠蹊部《そけいぶ》が切られ、睾丸が取り出される。

やがて、なんとも不快なこげ臭いにおいが漂ってきた。たまらず、そばにいた看護師に訊いた。

「これ、何のにおいですか?」

「電気メスです」

耐えがたいにおいは、私という人間が、焼けているにおいだった。


手術は着実に進み、私は不思議な音のオーケストラの中にいた。医療機器のピッ、ピッ、ピッ、という音、執刀器具のカチャ、カチャ、という音、ステンレス容器に器具を入れた時の、ガチャン、という音、マスク越しに医師と看護師たちが会話する、モゴモゴとした声、そして、スピーカーから流れてくる音楽。

私は、横になりながら、いろんなことを考えていた。

この1週間、なんともあわただしかったこと、たとえガン組織とはいえ、両親から授かった体の一部を切り取ってしまう寂しさ、これから元ガン患者として生きてゆくことの心細さ、そして大好きなマラソンに復帰できるのかという不安。

さらに、睾丸を一つ失うことへの気味の悪さも感じていた。

生殖器の一部であり、男性ホルモンの源泉だ。

医学的な解説を読む限り、もう一つが残るのであれば性的な問題はなさそうだ。むしろ、その後、精神的なコンプレックスに悩む独身男性の例に同情した。

幸い私の場合、すでに結婚して子供がいた。だから、その人のような結婚への不安とか、不妊症の心配はなかった。3人目の子供については、かなり悩み、妻とも話したが、手術前に精子を冷凍保存する精子バンクへの登録は見送ることにした。

ただ、男としての自分を形作る臓器の一部を失うことには、寂しさと言うか、くやしい気持ちがあった。もし、万が一にでも、自身の男性的な性格に変化が出たり、ランナーが気にする体脂肪率が下がらない時、そんな自分を受け入れられるのかと思った。

いずれにせよ、考えてもしかたのないことばかりだった。

一方で、この手術さえ終われば、ガンは身体からなくなり、ガンという悪い夢とは、今後、無縁の自分になると信じていた。

病人としてではなく、父親として、夫として家族のもとに戻れると信じていた。


「大久保さん、大久保さん」

木村先生の声がして、目が覚めた。いつの間にか寝入っていたのだ。


「無事、終わりましたよ。組織を見られますか？」

コクリとうなずくと、銀色のステンレス製容器が差し出され、中にある血だらけのまるい肉の塊《かたまり》を見せられた。

その肉からは管が出ていて、見るからに肉屋で売っている肉とは違う。まだ、温かくみずみずしい。

急に気分が悪くなり、吐き気がした。こんな気味の悪いもの見なければよかった。

「すぐに病理検査に回します。結果は、数日でわかりますから」

こうして、ガン摘出手術は終わった。

第三章　ガンとの闘い

教授回診

無事、手術を終えたものの、私は検査で忙しかった。

手術の緊急度が高く、それを優先させたため、いくつかの検査が後回しになっていた。

そのひとつにCT画像検査があった。これは、横になった患者の周りをX線撮影装置が回転し、人体の輪切り画像を撮るものだ。身体の内部のことがわかる。

手術から3日後。木村先生から摘出したガンの病理検査の結果を伝えられた。

説明によれば、私の身体には3種類ものガン細胞があった。

胎児性ガン、セミノーマ、そして、卵黄嚢腫瘍《らんおうのうしゅよう》。

先生の顔は明るくない。複雑になるほど治りにくいからだと言う。

しかし私は「もう手術で、ガンを取り出したのだから、心配ない。単体型のガンだろうが、混合型だろうが、もう終わったことじゃないか」ととらえていた。

2007年3月20日。

術後4日目。この日は、大学病院特有の教授回診（診療科の長たる大学教授による各入院患者の回診）の日だった。

以前、病院を舞台にしたテレビドラマで観たそれが、この病棟でも行われている。私は病室から廊下に出て、今どのあたりを回っているか、確認した。

なんと、教授、准教授から始まり、若手研修医、そして看護師たち、総勢12人の大集団が患者を診て回っている。あまり体調はよくないが、入院中にこういうものを見られてよかった。早く私の病室にも来てくれないかと、待ち遠しい。


教授が来たら、こう言うことにした。

「先生、金曜日に退院したら、もうビール飲んでもいいですよね」

私は、退院を楽しみにしていた。

そして、ついに私の番がきた。私はベッドのふちに腰かけて一団を迎える。

整えられた口髭《くちひげ》が紳士的な風ぼうの頴川晋《えがわしん》教授は、軽く自己紹介され「大久保さんのことは、よく存じていますよ」と言った。事前に報告を受けているのだろう。

そのうえで、

「いろんなことがわかってきましたが、引き続き、強い気持ちで、頑張りましょう」

確かにそう言った。


その瞬間、全身から、さぁーっと血の気が引いた。

本当に、背中が冷たくなった。

どう考えても、3日後に退院をひかえている患者にかける言葉ではない。

教授は、啞然《あぜん》として眼をむき出している私を見て「今後の治療については、担当の医師から聞いて下さい」とだけ言い、病室を出て行った。


なっ、なんなんだ、一体これは。

先生たちは、俺について何を知ってるんだ。

激しい憤《いきどお》りと経験したことのない動揺が一気にわき起こった。

早く説明を聞きたい。私はベッドのふちから立ち上がり、取り乱し、去ろうとする先生たちに向かって大声を出していた。

「木村先生、どういうことか、説明して下さいよ!」

必死の叫びだった。

「大久保さん、今日の夕方5時に、カンファレンス(検討会)をしましょう。その際には、ご家族もごいっしょにお願いします」

「カンファレンス……、家族もいっしょに……」

さらなる悪夢

それから夕方までの時間、自分で思いつく気がかりなことを紙に書き出してみた。

両乳首に、硬いゴリゴリがあり、それがますます大きくなってきていること。

ここ2日ほど、なんとなく腰が重く、直感的にいやな痛みだと感じていること。


私と妻は病室に待機していた。おたがい口数が少ない。

教授回診が終わり、すでに7時間が経っていた。予定通り、これから説明を受ける。

5時を回ると看護師が来て「カンファレンス室にお越し下さい」と言う。

部屋に入ると、木村先生がいた。壁には、ライトの透過光を受けた白黒のレントゲン写真が、何枚も貼られている。人間ドックで見慣れた胸の写真とは違い、大きな丸の中に、無数の中小の丸が写し出されている。見たこともないものばかりだ。

先生は、神妙な面持ちで切り出した。


「ガンが、腹部、肺、首にまで、転移しています。最も進行していて、最終ステージのⅢ－bです」

それは、あまりにも、あっけなく伝えられた。

転移の告知は、最初のガンの告知とは比べものにならないほど、衝撃的だ。凍りつくと言うか、これまで感じたことのない本当の恐怖が降りかかった瞬間だった。ガン細胞が全身に転移している……。

私の生活は、つい2ヵ月前まで順調だった。8年前、なけなしの貯金で留学したあと、天職ともいえる、やりがいのある仕事に巡り合えた。2人の子供がいる家庭に恵まれ、家族に深い愛情を注いでいた。毎日が本当に幸せだった。そして、高校陸上で断念した真剣勝負のスポーツを、もう一度やらせてもらえるチャンスを得た。とうとう100kmレースを走るまでになっていたし、父とおそろいのユニフォームだってある。家族、仕事、マラソンと充実していた。

それが、今、すべて召し上げられようとしている。頭の奥がうなるように痛み、深い暗闇の底に突き落とされたようだった。

5年生存率は49%

「ここに貼ってある写真が、おとといのCTの結果で、大久保さんの身体の断面画像です」

木村先生は、ていねいに説明を始め、赤鉛筆で写真に印をつけていく。

「これが、腫瘍の影です。これも、これも」

あっと言う間に、10個以上の赤丸がつけられた。腹部、肺、首と、いろんな場所に、腫瘍(=ガン)がある。

「先生、こんな初めて見る写真で、これが腫瘍ですと説明されても理解できないですよ。大動脈の断面の丸と、腫瘍の断面の丸と、私には同じ丸にしか見えないんですから」

「……、医者には、違いがわかります。まず画像診断チームの医師たちが診て、判断していますから、確かです」

なるほど、すでに何人もの医師たちに診られ、評価を下されていたのだ。

私はもう何も言い出せない。

隣に座っている妻も、一言も話さない。驚きと落胆で話せないのだろう。顔に表情というものがない。

木村先生は、続けた。

「ただ、精巣腫瘍には、よい抗ガン剤があり、治療に希望が持てます。1クールが3週間で、最低3~4クールの治療を入院して行います」

使う抗ガン剤は毒性も強い。だから、患者は入院して治療を受けると言う。

「今回、入院期間は、3~6ヵ月になります」

私は、一瞬、耳を疑った。

3ヵ月も入院したら仕事復帰は4ヵ月以上先になる。骨折とガン手術に要したこれまでを足し合わせると、半年近くも会社を休むことになる。とんでもなく長い期間だ。

人生は一本のまっすぐな道じゃないけど、それにしても、今の私は、望ましい軌道から外れすぎだ。骨折、ガン、転移と、どんどん本来の人生から離れていく。

私は、実社会から切り離されることに、耐えがたい不安を感じ始めた。

そして、これから何が起こるのかを理解した。


治療の第1選択は、抗ガン剤治療。そのあとのことは、いっさい、わからない。


抗ガン剤が効くか？　効かないか？

ただ、それだけだ。

たとえ薬が効いても期待された効果がなければ、その時、次の選択肢を考える。

進行性ガンの患者の生活とは、そういうものだと言う。

精巣腫瘍、最終ステージの患者の5年生存率は49％。

つまり、統計上、2人に1人が、5年以内に他界する。それを意味する告知だった。

私は、愕然《がくぜん》として震えていた。

愚かな懇願

厳しい状況にあることはわかった。でも、まだ42歳の私には、死ぬなんて考えられない。きっと自分は、助かるほうの2分の1に入れる、そう自分に言い聞かせた。

ならば、入院前にできる限りのことをやっておきたい。そんなふうに考え出した。

木村先生は、続ける。

「予定通り明々後日、いったん退院してください。そして、すぐまた入院しましょう。早速、抗ガン剤治療を開始します」

「先生、すぐ入院って、どれくらいすぐですか?」

「そうね、2~3日ってところかな。ベッドの空き具合にもよるけど」

「……実は、息子の小学校の入学式が2週間後で絶対に出たいんですよ。娘の誕生日も近いし。だから2週間下さい。そしたら何ヵ月でも入院しますから。お願いです」

木村先生は、何を言い出すんだという顔つきで説得するが、最後には、私の愚かな懇願にホトホト疲れ果てて折れてくれた。

正直、私は相当混乱していたし、ガンと闘う覚悟ができていなかった。ガンにより家族と引き離され、子供たちとの生涯の記念行事まで奪われていく運命に逆らっていた。

生きてさえいれば、中学の入学式だって出られるし、来年の誕生日だって祝える。そうわかってはいるものの、自分の生活が突然壊されることが、いやでたまらなかった。

こうして抗ガン剤治療は遅れることになった。当然、妻と両親は猛反対していた。

ひっくり返された本棚

転移の告知は、まさに震撼《しんかん》だった。崖から深い谷底へ転げ落ちていくようだった。

それでも、なんとか冷静に、自分の未来のことを考えようとした。

しかし、ごちゃごちゃしていてわからない。まるで本棚をひっくり返したような感じだ。

たとえば、子供たちの今後の養育のこと、ガン治療のこと、取りかかっている仕事のこと、復職のこと、これからしばらくのこと、ずっと先のこと、マラソン復帰のこと。目の前に、あらゆる本が散らばっているように、課題がいっぱい散乱していて、どれから手をつけていいのかわからない。

やっかいなのは、それぞれが個別の問題ではなく、みな関係し合っていることだ。

ただ、矛盾しているが、私は強気でもあった。

自分には、抗ガン剤が効く。そして、必ず治る。3〜6ヵ月と言われたから、3ヵ月で終わる。いや、終わらせてみせる。根拠なんてない。負けられないこの勝負、強気で行くしかない、そう思っていた。

大切な人たち

退院目前の春分の日、娘と息子が見舞いに来た。

子供たちのお目当ては電動式医療ベッド。リモコンで動かしてはしゃいでいる。そして2人ともパパが退院して、家に帰ってくることを楽しみにしている。

「パパ、こんど、ドラえもんのえいがにつれてって」と息子に言われ、泣きたい気持ちになった。

今の自分は、そんなことすらしてやれない。

「パパは、また入院しなくちゃいけないんだ」ときちんと伝えなくてはならない。しかし、退院を心待ちにしている子供たちに、そんなことを言う勇気がない。無邪気な子供たちを悲しませたり、不安がらせたりなんて、できない。

間もなくして、私の弟も見舞いに来てくれた。

3歳違いのただ一人の兄弟で、真面目で寡黙《かもく》な芸術家肌の人だ。彼にとっては、退院間近の気軽な見舞いのはずだったろうが、私は転移の事実を伝えた。

こんなことを伝えるのにいいタイミングなどあるはずがない。しかし、私にとっては好都合だった。弟はその事実を知り、何ともせつない顔で深いため息をついた。


この病気は、ある種の暴力と言っていい。自分の大切な人たちを、一人、また一人と深く傷つけていく。これまで受けてきた愛情とか、恩義とか、そういった「ありがたみ」のお返しが、こんな暴力だなんて情けないし、申し訳ない。

それでも、こんなつらい立場、俺がなってよかった。自分の大切な人には、絶対になってほしくない。


この日、最新の血液データが届き、腫瘍マーカー値はさらに上がっていた。

がんばれと言ってくれ

退院の前日、さらにつらい知らせが届く。娘がインフルエンザにかかったという。

彼女の病状も心配だが、それよりも、私がこの状態でインフルエンザにかかったら命にかかわる。

結局、退院しても自宅には戻れず、ビジネスホテルに一人避難することになった。松葉杖の転移ガン患者が、一人でホテルにいるなんて、異常事態だ。

精神的に、ますます追いつめられていく。


ビジネスホテルでの時間を使い、友人たちに病状を知らせるメールを送った。

早速、電話がきたり返信をもらうが、みんな、どう言葉をかけてよいか困っていた。

彼らは、40代という働きざかりのガンを身近に感じているようだった。

神戸にいる親友からも返信がきた。彼の娘はかつて小児ガンを患っている。

「頑張っている人に『がんばって！』って、言っちゃいけないのを知っている。だから、何を言っていいのか、わからない。本当に、ごめんなさい。ごめんなさい」

彼の優しさがにじみ出た文章を読み、思わず涙があふれ出た。

「俺のガンが、おまえまで苦しめるなら、がんばれと言ってくれよ」そう返した。


ホテルで過ごして2日目。娘のインフルエンザが快方に向かったと連絡が入る。翌日、早速チェックアウトして、自宅に戻った。うれしいのだが、熱を測ると39度もある。

ちくしょー、また、これだよ……。

ちょっと動いただけで、グッと熱が上がる。荷物をそのままにしベッドで横になった。

苦肉の策

自宅に戻った翌々日、今度は、息子が熱を出す。

妻は真っ先にインフルエンザを疑った。大急ぎで小児科病院に連れて行くと、熱冷ましを処方され、安静にするよう言われた。

しかし、やんちゃ坊主の彼はじっとしていない。咳《せき》をしながら動き回っていた。

午後になり、今度は妻までが体調がよくないと言い出した。こうなると大変だ。

私はガン患者。息子はインフルエンザの疑い。妻も体調が悪い。

夕方、息子の熱が38度を超え、ついに寝込む。どんどん状況が厳しくなっていく。隔離された部屋の中の私は「これから、どうなるのか……」不安でいっぱいになった。

翌朝、息子の熱が39度近くになり、妻は朝一番で病院に連れて行った。しばらくして2人が戻り、やはりインフルエンザだったと伝えられた。

「私もその可能性あるよね」彼女が言う。

四六時中、子供たちといっしょにいて、本人も体調がすぐれないのだから、当然それを疑う。それから妻は、両家の実家に電話し相談していた。隔離されている私は、ことの次第を見守るしかできない。こんな大変な時に、家族のために何もしてやれない自分がくやしかった。電話を終えた妻が、せつなそうに涙声で言う。

「パパ、実家と話して、こうすることにしたの。どうか、わかって」

それは、妻と息子は妻の実家に避難、娘は妻の親戚宅で世話になる。

それを聞いた娘は「いやだ、いやだ」と大泣きしだした。ママと離れて過ごすなんて、できない子だった。そして私は、自宅に取り残されることになった。これも家族のインフルエンザを、私に感染させないがための苦肉の策だった。

結局、我が家はバラバラになった。もし私が健康だったら、そこまでしなかったろう。

一人になった私は、依然として高い熱があった。

夕方、ベッドから起き、夕食の買い出しに出た。明後日から4月なのに、真冬並みの防寒をしてスーパーに行った。弁当を買って帰り、居間で一人食べた。テレビはつけない。そんな気分には、まったくなれなかった。

やがて実家から電話がかかってきた。

「明日の夕方、東京に行くから、それまで頑張って」

年老いた母の声がした。

ヴォーカルになれ

母は、数日、東京で私の世話をし、また長野に戻った。

4月2日、月曜日。ゴールドマン・サックス社、東京。

この日、私は上司と直接話すために出社した。外資系証券会社では、人事部に人事権はない。従業員の採用・退職は各部門長の責任だ。私はすでに2ヵ月弱も休職し、今後さらに3ヵ月以上も休むガン患者の従業員。上司とのコミュニケーションが重要だ。

私は自己主張が苦手で、自分が会社に期待していることや不満を上司に伝えられない性格だった。だから彼からは、ヴォーカルになれ（もっと主張しなさい）といつも指導されていた。ガン患者の従業員になった今こそ、ヴォーカルでなくてはならない。

約束の時刻にフレッドの部屋を訪ねた。

松葉杖をつき、つらそうな顔で部屋に入ってきた私を見て、彼は心配そうだ。この日も、熱は38度以上あった。

「オクボサン、体調はどう？」

「正直よくない。熱はずっと高いし、体中が痛いんだ」

私は、自分のガンが、アームストロング選手と同じテスティキュラー・キャンサー（精巣腫瘍）であることを伝えた。それでフレッドはピンと来たようだった。アメリカ人なら、たいてい、アームストロングのことを知っている。

彼は、なんとも悩ましい表情をした。抗ガン剤治療の過酷さも知っているようだ。

「フレッド、聞いてほしい。僕は全力でガンと闘うし、乗り越えてみせる。必ず病気を克服して帰ってくるよ！」

精いっぱい力強く話した。

「オクボサン、ユーなら必ず乗り越えられる。会社とボクにできることは、何でも遠慮せずに言ってほしい。ユーが、チームに戻ってくる日を、心から待っている」

耐えがたい痛み

外出のせいもあってか、翌日は最悪の体調で始まった。

朝から体温が38度6分。

おまけに背中から腰にかけて、割れるように痛い。

自分でも、「何かよくないことが始まった」とわかった。つらさのレベルが一気に2段階くらい上がったのだから。

腰を布団につけると耐えがたい痛みが走る。まさに激痛で横になれない。

なんなんだよ、これは……助けてくれ。

震えてガチガチと鳴る歯をかみしめながら、一人布団の中にうずくまっていた。

そうしているところに、夕方、離散していた妻と子供たちが帰って来てくれた。妻は相当驚き、すぐさま私を車に乗せ、病院に向かった。救急窓口の担当者は、私のインフルエンザ感染を疑い、隔離部屋に移して検査した。

しばらくすると、なんと、木村先生がやってきた。偶然に当直だったという。

「大久保さん、よかった。インフルエンザじゃなかったですよ」

でも素直には喜べない。ならば、この痛みは、いったい何から来ているのか？他にもいくつか検査をしたがどの感染症でもない。先生と相談し、とりあえず抗ガン剤治療入院は、予定通り6日後とした。病室に空きがないのも理由のひとつだった。解熱鎮痛剤を、今の2倍服用してようすを見る。入院までにまた何かあれば、すぐに救急で病院に来る、そういうことにした。

翌朝、歯をみがきながら鏡を見てハッとした。

首の左の付け根がポッコリとふくらんでいる。

両乳首の腫《は》れがさらに大きくなったことには気づいていた。以前、10円玉1枚くらいだったが2枚ほどになっているからだ。そして、ついに首にまで来た。

あちこちに異常が現れ、恐ろしくなる。

いい香りのシャンプー

入院直前、行きつけの床屋に行った。

長らく骨折で入院していたから3ヵ月ぶりだ。松葉杖姿の私を見て、

「ありゃぁ～、どうしちゃったんですかぁ？」

店主の田中基之《もとゆき》さんがいつもの明るさで歓迎してくれる。トレードマークのメガネに口髭の顔が、ちょっと困り顔だ。

練習中に骨折したと伝えると、

「そうですかぁ。そうなると、しばらく走れなくて残念ですねぇ……」

毎月床屋に通っているから、私がマラソンに夢中で取り組んでいることを知っている。

同情する彼に、かばんを預けながら、

「実は、今、ガンを患ってるんですよ。おまけに転移しちゃってるんで、これから抗ガン剤治療を受けるんです。その前にさっぱり髪を切ってもらおうと思って」

田中さんの表情から、さーっと笑みが消え、私と目を合わせない。

「……まっ、とりあえず、こちらの席へどうぞ」

いつもとは反対側の椅子に案内される。この7年間、一度も座ったことのない椅子だ。気の毒に、明らかに動揺している。私は申し訳ない気分になった。

座ると、私のガンについていろいろ質問され、そしてこう言われた。

「でも、発見が早くてよかったですねぇ。骨折してなかったら、発見が遅かったかもしれないですよねぇ。いやぁ〜、よかったです。早期発見で」

私は闘病中、いろんな人から早期発見でよかったと言われた。しかし、実際にはそうでないことを話さざるをえない。この日もそうだった。

「早期発見じゃないんですよ。最終ステージまで進行してるんで」

田中さんは困ったように、あたりさわりのない会話を始めた。彼に限らず、みな大丈夫だという結論を求めながら話している。だから、どうしてもチグハグな会話になる。

薬の副作用で髪の毛がなくなるので、短くスポーツ刈りにしてもらった。

この日、田中さんは一生懸命、私のために何かしたいと思ったのだろう。帰りぎわ、いい香りのシャンプーを1本プレゼントしてくれた。

それを手渡しながら、彼が言う。

「しまった。髪の毛がなくなるのに必要ないですよね……僕は、何をしてるんだろう」

その優しさに心から感謝して店を出た。

小学校入学式

4月6日、ようやく息子の小学校入学式の日が来た。再入院前に、この日を迎えられたことは素直にうれしかった。私は彼の卒園式に参列できなかった。ガン摘出手術の日が卒園式だったからだ。そのくやしさから意地になり、入学式参列にこだわっていた。

松葉杖姿で校門に着くと顔見知りの保護者から「大変ですね」と声をかけられた。本当に大変なのは足首ではないが、そんなこと、めでたい日に言えるはずもない。

正直、そこまでこだわった入学式自体の記憶がない。式のあと校庭で保護者もいっしょのクラス写真を撮り、大急ぎで自宅に戻ると、熱が38度台まで上がっていた。横になった私は、少しばかりの満足感と大きな後悔が、入り交じった気分だった。

こんな状況なのに、めでたい式に参列し、改めて家族を養うことの大変さを痛感した。思い返せば幼少の頃、私の父も手術入院したり、失業したりと、いろいろあった。父も人生に大変さを抱えながら、家族のために頑張り続けてくれたのだと、気づく。私は今、経験したことのない巨大なチャレンジのさなかにいるが、家族のためにも、必ずや乗り越えなくてはならない。

家族を持った父親としての責任を、まっとうし続けたい。

そして社会に戻ったら、再び、父として、人生の階段を登りたい。

乳首のコリコリは、ついに500円玉のように大きくなっていた。腰の割れるような痛みは、ロキソニン（解熱鎮痛剤）を一回2錠一日3回服用しても現れる。さらに首の付け根の腫れは、いっそう大きくなり、まるで大福もちがついているようだ。

すべてが気味の悪い状態だった。

残された時間

その入学式の日の夜のことだった。

実家の母が、お祝いの電話をしてきた。息子は、「おばあちゃん、ありがとう」と、コードレス電話機で応えている。

しかし、母が本当に話したいのは、彼ではなく、私のほうだった。

ガンの告知以来、2人の間はギクシャクしていた。いろいろと心配されるのがいやな私は、いつも電話口でつっけんどんで冷たい口調になる。私のそんな態度が、よけいに母を不安にさせたのかもしれない。お願いされて、電話を替わると、

「淳一、あれからいろいろと調べたんだけど、抗ガン剤なんて強い薬を使うのは危ないって、書いてあった」

何を言い出すのかと思ったら、週刊誌の記事にそうあり、陽子線治療というのが新しいガン治療法だと書いてあるという。だから抗ガン剤治療は、考え直したらどうかと言い出したのだ。

彼女の心配ごとにうんざりしていた私は、もういい加減にしてくれ、と耐えがたい激しい気持ちがわいてきた。

陽子線治療は、ピンポイントでガン病巣を狙う治療法で、腹部、肺、首といろんなところに転移している私の場合、全身化学療法が第一選択なのは当然だ。しかも、精巣腫瘍に陽子線治療の適用など聞いたことがない。明々後日から、抗ガン剤治療のために入院するこの期《ご》に及んで、私をさらに不安にさせるようなことはやめて欲しかった。

そして母は湿《しめ》っぽい声で続けた。

「淳一……、親よりも先立つ子供が、いちばんの親不孝だからね……そんなことは絶対にやめてね……」

これを聞いたとたんに、私は、カーッとなり、

「いいかげんにしろよ！」

コードレス電話機をソファーにぶん投げ、「ふざけんなぁ！」と大声を出し、扉を思いっきり、バタンと閉めてしまった。

この時、心の中で、我慢して、隠していたひとつの感情が一気に噴き出した。

自分が死ぬなんてありえないと戦闘態勢でいる強い気持ちとは裏腹に、もしかして、まもなく人生が終わってしまうかもしれないとおびえる、そんな自分の本音。

受け入れることのできない死の予兆を、とうとう目の前に見える形で、突きつけられ、ついに逃げおおせなくなったような窮屈さだった。

隠し通していた嘘を暴《あば》かれ、本当は臆病で縮こまっている自分を、黒い何かが、わぁーっと包んでくるような恐ろしさだった。

人生の残りの時間を示す時計が、カチ、カチ、と音を立てている感じすらした。

「ちくしょー、どうすんだよ……」

いよいよ再入院。抗ガン剤治療が始まる。

転移ガンとの闘い

２００７年４月９日、東京慈恵会医科大学附属病院。

遅らせた再入院の日がきた。

受付で手続きを終え、早速新しい病室に案内された。この年３回目の入院だ。

ここで、これから転移ガンとの闘いが始まる。

若い先生が病室にやってきたので、首に腫れが出てきたと伝えた。

すると、彼は急に怖い顔になり「えっ！　いつから、それ、まずいなあ」と真顔で言う。

すぐさまナース・ステーションからアタッシュケースを持ってきた。

そして中の医療機器で私の腰を調べ始めた。首が腫れているのに首じゃない。彼の真剣な眼が、事の重大性を物語る。先生は「また来ます」と言い残し病室を出ていった。

次に讃岐先生が来て、首の腫れものを診て出ていく。次から次へと、いろんな人が来ては出ていった。しかし、だれも何も言ってくれない。

そして最後に、木村先生が病室に来た。首の腫れものを確認すると、こう言った。

「大久保さんは、腰が痛いんですよね……あとで2階の検査室に行って下さい。その結果を見てから、抗ガン剤治療を始めるかどうか、決めましょう」

この瞬間、治療方針は、いったん白紙となった。

私は、もう泣きたい気分だった。患者にとって治療スケジュールが決まらず、先が見えないことほどつらいものはない。

以前とは状況が変わってしまった。妻は、なげくような顔で、ぐったりと椅子に座った。

実はこの時、木村先生たちは、ガンの骨への転移を疑っていた。

間もなく、血液検査の結果が届いた。腫瘍マーカー値は、跳ね上がっている。

LDH　961　(正常値　235以下)

HCG－β　1・0　(正常値　0・1未満)

検査報告書を見た私は、手のひらが冷たくなり、身体が震え出した。

午後、巨大な検査機器がいくつも配置されている検査フロアに向かった。まずそこで、放射性物質を血管に入れ全身の骨の撮影をした。その後もさまざまな検査を受けた。

すべての検査を済ませ、心身ともにくたくたになり病室に戻ると、のちほど妻と2人で例のカンファレンス室に来るよう言われた。

ガン転移の告知を受けたあの場所だ。しかも、あの時とまったく同じ3人。

私は、法廷に立ち判決を聞く被告のような心境だった。

今、自分の身体の中でガンはどの程度進行しているのだろうか……。

混乱し、冷静な判断ができなかったとはいえ、すべては治療を遅らせてしまった自分の責任だ。自業自得と言えばそれまでだが、これが致命的となり、治療の限界を越えていたら、残された家族はどうなるのか。くやみきれない思いと家族への罪悪感が入り交じる。

カンファレンス室に入り、木村先生の表情をチラリと見た。暗くはない。

「大久保さん、結論から言うと、骨への転移はありません。本当によかったです。で、CTの画像診断結果ですが……」

前回同様、体を輪切りにした画像についての説明が始まった。

「この丸いのが、リンパ節ですが、通常、豆粒くらいのが、こんなに大きくなってます」

「どれくらいの大きさなんですか？」

「たぶん、これくらい」

先生が、指で丸をつくった。ゴルフボールくらいの大きさだった。

これで腰の激痛の原因がわかった。

お腹の内側、背中から腰にかけてある無数のリンパ節にもガンが転移していたが、それが大きく腫れ上がり、内側から神経を圧迫していたのだ。

体の中から、神経網を押されるのは、耐えがたい痛みだった。


「予定通り、明日から抗ガン剤治療を開始します。骨への転移もないし、腰の痛みの理由もわかりましたから」

抗ガン剤の威力

私が受ける抗ガン剤全身化学療法は、ＢＥＰ法と言われ確立されていた。

投与するのは、３種類の抗ガン剤（ブレオマイシン、シスプラチン、エトポシド）。

どれも、非常に毒性の強い薬だ。だからこそ生きているガン細胞を叩くことができる。

ただし活動的なガン細胞を死滅させるのだから、当然、正常な細胞も傷つける。これが恐ろしい副作用となって現れる。


いかなる副作用も軽くはない。しかし、もし私の経験から心配な副作用と、それほど、心配でない副作用とに分けるとしたら、こんな感じだと思う。

それほど心配でないものとしては、吐き気、嘔吐、脱毛、色素沈着。

吐き気は、抗ガン剤が身体に入っている間、ずっと生じる。つらく苦しい。脱毛は毛がすべて抜ける。頭髪はもちろん、眉毛、鼻毛、すね毛も。抗ガン剤治療の象徴ともいえる副作用で、みじめな気持ちになる。色素沈着は黒いシミで体中に現れた。

一方、心配な副作用は、末梢《まっしょう》神経障害、骨髄《こつずい》抑制、間質性肺炎。恐ろしいものばかりだ。

末梢神経障害は、手、足のしびれだ。これが不快で悩ましかった。床に足をついてもしびれるし、ペンを持ってもしびれる。骨髄抑制は、白血球の数を低下させてしまう。

そして、間質性肺炎。正直、ガン以上にこの病気が怖かった。


この日、讃岐先生が点滴のルートを取った。私の左腕に注射し点滴管をつなぎ、体の水分と同じ成分の輸液を血管に入れ始めた。


初日は、３種類の抗ガン剤をすべて入れる日だ。

午前11時。看護師が、最初の抗ガン剤、ブレオマイシンを持ってきた。

まず看護師の服装とその慎重さに驚いた。彼女は全身水色の防護服を着ている。そして眼にゴーグルをかけ、ビニール手袋とマスクをし、ビニールキャップまでかぶっている。まるで、原子炉か、精密機器工場で働く人のようだ。

毒性の強い薬が誤って飛散したら、彼女の細胞を殺しかねない。だから慎重に扱う。

逆に言えば、そんな薬を私の身体の中に入れるのか……と怖く感じた。

点滴棒には、輸液、液体胃薬、ブレオマイシンがぶら下がった。そして、十字コックがひねられ、混合液が、ゆっくり血管の中に入っていく。

ついに、抗ガン剤治療が開始された。


私はガン治療に関するさまざまな本を読み、きつい副作用について学んでいた。

しかし、何も起こらない。すぐに気持ち悪くなると思っていた私は、拍子抜けする。

午前11時半。２つ目の抗ガン剤、シスプラチンを看護師が持ってきた。そして、この抗ガン剤も腕の血管に入れていく。看護師はさらに別の薬もぶら下げた。

「それ、何？」

「あっ、これは、マンニトールですよ。利尿剤です」

利尿剤とは、尿を出しやすくする薬だ。血管の中に入った抗ガン剤は、血液といっしょに全身に行き渡る。心臓、肺、脳、すべてにだ。

しかし、強い薬を長く体内にとどめてはいけない。大急ぎで尿といっしょに体外に出す。

これを、ウォッシュ・アウト（洗い流す）と言う。尿を出しやすくするために、利尿剤を入れる。４つの薬がぶら下がった点滴棒を下から眺め、ため息が出た。

午前中、抗ガン剤が２本、身体の中に入った。戦々恐々と身構えていた私は、副作用がそれほどでもないことが意外だった。

昼食が配膳され、食べる。この時は、まだ美味《おい》しいと思えた。

今日は、看護師たちが頻繁に来て、私のようすを見てくれる。心配なのだろう。

讃岐先生も顔を出してくれる。

「どうですか？」の質問に、「意外とまだ、大丈夫です」と元気に答える。

そして、午後２時半。

３本目の抗ガン剤、エトポシドが入れられた。

この頃から、結構だるくなってきていた。

「やはり、来たか」これは、副作用だとすぐにわかった。

手元の体温計で10分ごとに自ら測る。どんどん体温が上昇し、怖くなっていく。そして39度を超えてからは測る気力もなくなり、ぐったりしていた。

頭の中であらゆる騒音が、鳴り響いている。まるで頭の血管に硫酸か何かを入れ、ぐるんぐるんとかきまわしている感じだ。

この身体は、もちこたえるのだろうか……。

病室に一人でいることが怖くなり、手が震え出したその時だ。看護師が点滴の具合を見に来てくれた。そして、

「キャー、大久保さん、大丈夫ですか!?」大声で叫ぶ。

私はと言えば、眼を開けているのに、目の前が真っ白で、彼女の顔がよく見えない。自分でも「本当に、やばい」と感じていた。

「眼が見えない……、トイレに行きたい……」

そう言ったはずだ。

しかし、ベッドから起き上がれない。看護師が何かを押し、病院内に非常ベルが、けたたましく鳴り響く。看護師が数人駆けつけ、先生も部屋に来てくれた。

私は両脇を看護師に抱えられ、病室内のトイレに移った。だれもが心配していることは、雰囲気でわかった。体温は40度近かったと思う。点滴棒を持ち込んだまま、どすんと便座に座った。そして小便を済ませると、目の前の白さが消え、身体が軽くなった。

トイレから出ると、心配そうな看護師たちと目が合った。

「助かりました……けっこう楽になりました」私は彼女たちに言う。

「本当にそうみたい。さっきより顔がしっかりしてますよ」

自分でも驚いた。

小便一つで、こんなに楽になるとは知らなかった。抗ガン剤が外に出たからだろう。

それ以降も、いろんな点滴薬を身体に入れられた。制吐剤、胃薬、輸液、利尿剤。

もうすでに、夕方になっていた。

しんどかったが、何とか初日の治療を終えた。あとは身体から薬を出していくだけだ。

この日、足の骨折以来つけていた日記にこうある。

「夕方、元気度10点。これは100点満点中の10点。こんなにひどいのは生まれて初めて。ベッドで胎児のように身体をくの字に曲げてうずくまっている。胃はジクジクと痛い。ずっと吐き気がする。恐ろしい一日だった。初日に抗ガン剤の洗礼を受けた。夜8時、熱は38度ちょうど。氷まくらが冷たくて気持ちいい」


入院病棟は、間もなく消灯時間の9時になる。私は部屋の明かりを消し、ドアを開けっぱなしにした。看護師たちが私のようすを見やすくするために、そうした。

大変な一日を反芻《はんすう》し、明日の治療に向けて緊張していた。

その時、ふと気づいた。「あれっ。乳首のしこりが小さくなってる」

今朝まで両乳首にあった500円玉くらいの硬いしこりが、小さくなっている。

「なんてことだ！」跳び起きた。

明かりをつけ、点滴棒を引きずり、洗面所の鏡の前に立った。

「これも、そうだ！」

首の付け根の腫れも小さくなっている。

大福もちくらいの大きさだった腫れが、消しゴムくらいまで小さくなっている。もう、うれしくて、うれしくて、鏡の前で一人はしゃいで、大喜びした。

こんなことって、あるのか……。

強烈な副作用

一晩中点滴につながれたまま、翌朝を迎えた。

朝食を済ませると、看護師が来て今日の治療の確認が始まった。

抗ガン剤が効いている実感はあるものの、初日のあの強烈な副作用が怖かった。

今日は、何時に、あのすごいやつが始まるんだろうか……。

そんな不安はおかまいなしに、2日目の抗ガン剤治療は、淡々と始まった。

午前10時、1本目が開始。ベッドの上で身体をくの字に曲げて横たわり、下から点滴を見上げる。４つの点滴バッグがぶら下がり、ポトポトしている。

午後2時。次の抗ガン剤、１８０mlが始まった。

体温は、38度5分まで上昇。30分ごとにトイレに行く。小便をするたび計量容器ではかり、記録シートに量を記入する。「午後2時半、150cc」。その記録を看護師が見て確認し「よし！」となる。どれくらい出ているかで治療の順調さを測っていた。

この日は、目が見えないということはなかった。しかし、吐き気はするし、だるいし、熱もある。何より一日中、点滴につながれているのがいやだった。単にわずらわしいというのではなく、神経過敏になり一種のノイローゼ症状となって現れる。時には、そのせいで治療を中断せざるをえない患者さえいると聞く。治療の効果を実感できているものの強烈な副作用と点滴ノイローゼにまいっていた。

グッドニュース

この3日間、自分の病室から一歩も廊下に出られていない。心身ともに疲弊《ひへい》していた。

朝、看護師が採血に来た。入院中は頻繁に血液をとり、腫瘍マーカー値の変化を見る。

私は、ガンの告知を受けた頃から日記にグッドニュース（いい知らせ）を、毎日意識して記していた。抗ガン剤治療が始まり、それまでの変化に富んだ生活は、治療スケジュールをこなすだけの単調なものに変わった。

何かしらのいい知らせを日記に書くことで、少しでも心を弾ませようとしていた。

「イチロー選手がヒットを打った」とか、「天気・晴」ですらグッドニュースだった。

この日は「2時間ほど、熱が平熱に下がった」と記してある。このように自分自身のことでいい知らせがあると、つらい治療にも報われた感がある。


お昼時、讃岐先生がニコニコして病室にやって来た。

「どうしたの先生。昼休みなのに……」

「大久保さん、今日の血液検査の結果が出ましたよ」

とっさに、その意味を察した。

「えっ、もしかして、数値が改善してるってこと？」

「はい。ＬＤＨが、８３６まで下がりましたよ」

これまで上がる一方で、私を苦しめていた腫瘍マーカーだった。

（３月９日）８３５→（３月22日）８７７→（４月９日）９６１→そして今日（４月13日）８３６
ついに下がったんだ……。

予期せぬいい知らせに、本当にビックリし、両目から涙がボロボロとあふれ出た。

ガンの告知から36日目のことで、治療に希望の光がさした瞬間だった。

正常値（２３５以下）よりは、まだまだ高いが、私は勢いづいた。

「讃岐先生、俺、第1クールでＬＤＨを正常にしてみせるよ」

第四章　家族、仕事

洗いたてのパジャマ

いつも通り妻が見舞いにやってきた。

毎朝子供たちを小学校に送り出し、洗濯、掃除といった家事を終わらせると、病院に来てくれる。洗ったパジャマ、下着、そしてお願いしたプリンを持ってきてくれる。プリンとゼリーは、激しい吐き気がするなか、食べられる数少ないものだった。

彼女は、「いっぱい、点滴あるね〜」と4つのバッグを眺めている。なかなか治療を始めず心配させた私が、いい子で抗ガン剤治療を受けているのでニコニコ顔だ。

妻との出会いは、14年前の1993年にさかのぼる。

私がまだ日系の石油会社に勤めていた時、新卒で配属されてきた彼女は、いわゆる事務職のOL。引っ込み思案の目立たない人だった。

交際らしきものが始まったのは、彼女が入社して3年目、私が会社派遣でテキサス州に留学した頃だ。同じ職場の理解者がいなくなるのは、寂しかったのだろう。私は私で、英語が通じず苦労し孤独な時だった。交際と言っても、日本とアメリカの間のFAX文通のやりとり。まだメールが普及していない時代だった。

広大なテキサス州に一人身で暮らしていると、オースチンの人たちが休日に家族を連れて出かけるのを見て、うらやましく感じた。日本での一人暮らしとは違った寂しさを味わい、自分も家族を持ちたいと思った。

そんなわけで、帰国して間もなく結婚を前提とした交際が始まり、翌年に式を挙げた。同じ職場の先輩とアシスタントという仲だったので、結婚したての頃は家でも補佐役のような感じの妻だった。


しかし2人の関係は、私の2度目の留学でシカゴに移り住む頃から変わる。

彼女は、英語が苦手で外国人に会うと緊張するような、海外暮らしが不向きな人だ。2度目の米国留学に心弾ませていた私とは対照的で、出国が近づくと、どんより暗かった。

単身での海外生活は、もうごめんだと思っていた私は、「何でもサポートするから、頼むからいっしょに来て！」と、ひたすらお願いし2人で渡米した。

そして、シカゴで「おめでた」がわかる。

しかし、これも彼女にとっては初めての経験。

シカゴ大学病院で診察を受ける間も、英語がわからない、外来の受付から支払いまでわからない、そもそも妊娠自体が初めての経験で、なんにもわからない。

日本に帰りたいと毎日メソメソしている妻を見ると、申し訳なく心が痛んだ。

ところが9ヵ月後、娘が無事アメリカで生まれ、母になった妻は、雰囲気が一転した。とても頼もしいのだ。

一方、うぶ湯につけるのもオドオドし、泣きじゃくる赤ん坊をあやすこともできない私は、頼りない夫になった。

ミルクをあげるにも、おむつを替えるにも彼女の指示に従っている始末。子育てが始まってからの私は、すっかり家庭の補佐役だった。

2年後帰国し、今度は息子が生まれると、我が家は、ますます妻あっての大久保家となり、子供たちは彼女の親衛隊のように、ちょこちょこと母親を追っていた。

週末の出かけ先選びも、映画館での映画選びも、妻が選んだものに子供たちが賛成するので、多数決は常に3対1で私が否決される。こうして我が家は、収まりのよいところに妻と私が収まり、たがいがたがいを必要とする関係が強くなっていた。

そこに飛び込んできたのが私のガンだった。

転移がわかり、抗ガン剤治療が始まるまでの間、妻は生きた心地がしなかったという。

そんな妻が、洗いたてのパジャマとプリンを持ってきて、私の世話をしてくれている。

大いなる実験

治療4日目、強い吐き気に苦しんでいた私は、妻に電話して弱音を吐く。すると、

「また、もういやだとか、つらいとか、言ってるの？　あのねえ、抗ガン剤を怖がってるからだめなんだよ！　パパのガンをやっつけてくれるありがたい薬なんだから、もっと感謝しなさいよ！」

そう言われ、ハッとした。

私はかなりの医学書を読んだため、副作用を恐れながら治療を受けていた。

「そうだ……もしかして、気の持ちようで、何か変わるかもしれない」

抗ガン剤が最も蓄積する5日目、私は大いなる実験をしようとしていた。

それは薬に感謝することだった。妻が言ったようにやってみるのだ。

午前10時、看護師が抗ガン剤を点滴チューブにつなぎ出した。

「ははは。大久保さん、なにやってるんですか？」

その看護師が笑い出した。私が両手を合わせ、拝み出したからだ。

「だって、薬にガンをやっつけてもらうんだからさ、ちゃんと感謝しなきゃだめじゃん」

「へぇ〜、それで拝むんですか。おっかしい。昨日まであんなに怖がってたのに」

「気持ちを入れ替えたんだよ。感謝して、きちんとお願いしなきゃね」

私は、心の中で真剣に念じていた。

いっしょにガンをやっつけて下さい。お願いします。


午後2時、次の薬が入り出した。今日の治療は、昨日までと何ら変わりない。

しかし、何かが違う。

なんだろう、昨日よりもつらいのだが、全体的には何となく軽いのだ。おそらく、抗ガン剤を受け入れているからだ。本当に不思議に感じた。

「これなら、第1クール（21日間）の治療をこなせそうだ」、初めてそう思えた。

さらにうれしいことに、激しく痛んだ腰が楽になっていた。腹の中で肥大したリンパ節が小さくなってきた証拠だった。


そして9日目、最新の血液検査結果が、讃岐先生より伝えられた。

「驚きました。ＬＤＨが４８５まで下がりました。信じられないペースです」

抗ガン剤の激的な効果が現れていた。

自分の役割

病棟の長い通路の突き当たりに、大きなガラス窓がある。そこから外を眺めるのが好きだった。遥《はる》か向こうに六本木ヒルズが見える。私の勤め先は、その48階。

静かな気持ちで、それを眺めているうちに、自分はこれほど仕事と会社が好きだったのか……と思った。あれほど月曜日が、憂鬱《ゆううつ》だったのに。

入院病棟というのは、牢屋《ろうや》と同じだ。

中にいる私は、社会とのパイプを断たれている囚人と何ら変わりない。お勤めが終わるまではシャバに戻れない。この間、自分は社会的な存在ではない、と感じていた。

これまでいろんな人から、「今は仕事のことは心配せず、治療に専念して下さい」、と優しい言葉をかけられた。

そう言ってくれた相手には悪いが、私はそのたびにみじめな気持ちになった。

「今は、役に立たない人」と言われているように感じたからだ。

自分は、仕事と会社を通じて社会とつながっていたんだ、とガンになりわかった。

働き盛りとは、仕事を通じて社会のなかで役割を与えられていることだ。

しかし、ガン患者の私には、今その役割が何もなかった。

だから、失って初めてわかった。

仕事とか、会社って、かけがえのないものだったと。

社会とのパイプを断たれるのはつらい。形容しがたい孤独感と劣等感を感じる。なんだろう。

足の骨折の時は、あせりはあっても、こんな気持ちにはならなかったのに。抗ガン剤治療が始まったら、無性に仕事が恋しくなってきた。先の見えない、命にかかわる状況に身を置いたことで、これまで見えていなかった大切なものが、見え出した。

当たり前ともいえる自分の仕事を、毎日、黙々とこなしていく。そして、長くやり続けていく。それこそが、社会で生きていくということで、尊いことだとわかる。

どうか私を社会に戻して下さい。月曜日が憂鬱になる幸せな毎日に戻して下さい。祈っていたら、六本木ヒルズが涙でにじんできた。

マクドナルド

毎日、病院で点滴につながれていると、まるでロープにつながれた動物のように感じた。自由がなく、無力。

だから、いつか外出許可が出たら行ってみたいところを思いつく限り書き出してみた。丸善書店、マクドナルド、山手線、とんかつ和幸、アンデルセン、……。

不思議なもので、それまでなんでもなかった普通の場所が、今や特別な場所に見える。

私が受けている治療は、抗ガン剤を連日投与したあと、身体の回復をはかるため、しばらく点滴を外し、薬を入れない期間がある。この頃、初めての外出許可が出た。

私が真っ先に選んだのは、マクドナルドだった。あの底抜けに明るい雰囲気が私を癒やしてくれると思った。

「いらっしゃいませ。店内で召し上がられますか？」

ヨタヨタしながら注文したものを受け取り、あえて店の中央の席に腰をおろした。

「はたして、いまここにガン患者は、何人いるんだろうか……」

これまで、そんなこと考えたことはなかった。

しかし、この日、明るい店内とガン患者である自分とのギャップから、ふとそう思った。

「いつか、こんなつまらないことを考えず、思いっきりビッグマックを食いたいな……」

潤んだ目でハンバーガーを見つめていた。

本屋

私の病室のちょっとした本棚には、２種類のジャンルの本が並んでいた。

医療専門書とマンガ本。どちらも、今の私には必要な本だった。

大昔に読んだコミックが、文庫版として再出版されていたので、入院前に数冊買い持ち込んでいた。なかでも好きだったのが、『北斗の拳』と『ドラえもん』。読んでいると童心に返れた。そして何より、抗ガン剤治療中のつらさを、一瞬でも忘れられた。


外出許可を取って、丸の内の丸善書店に行った時だ。20年ぶりに足を運んだコミックコーナーは巨大で、ワクワクした。ここなら何でもそろっている。お目当てのマンガ本を買い、大満足で帰ろうとした時、周囲を見てハッとした。

「みんな、スーツを着てる……」


出入り口のビジネス書コーナーには、自己啓発をテーマにした書籍の平積みがあり、サラリーマンたちが手に取って読んでいた。

一方、上下ともジャージで、野球帽にマスク姿の自分。急に恥ずかしくなった。

みんな、ビジネス書なのに、こんな格好の私はマンガ本だ。

今の自分と彼らの間には、大きな隔《へだ》たりがあると、あらためて気づかされた。

くやしいし、情けない……。

「でも、今は、どうにもしかたがないんだ……」

自分で自分を責めぬよう、一生懸命に擁護《ようご》していた。

古びたポスター

13日目。この日、長年のマラソン友達、安藤さんが見舞いに来てくれた。最近会ったのは骨折治療中だった。まさか、次に会うのがこういう形になるとは思ってもいなかった。

彼は、私の骨折に同情していた。それが1ヵ月も経たないうちにガン発病となり、転移へと進んだ。彼はなんと重苦しいことになってきたんだと思ったに違いない。

その日、安藤さんは1枚の古びたポスターを持ってきた。4年前にいっしょに走ったサロマ湖100㎞ウルトラマラソンのポスターだった。

彼はそれを病室の壁に貼り「大久保さん、絶対、ここに戻るんだ!」、そう励ましてくれた。

彼の気持ちはうれしかったが、それはあまりにも遠大すぎて、目標というより夢のまた夢の話に思えた。パジャマ姿で全身ガンに冒されている者が語れるような目標ではない。

しかし、それから毎日、病室でそのポスターを眺めているうちに、ウルトラマラソンのスタートラインに戻りたい、そう思うようになっていく。

それは本気で取り組んでいたマラソンを、もう一度走りたいという純粋な気持ちと、そこまで回復できたら、その時こそガンとは無縁の自分に戻れるだろうという憧《あこが》れのような気持ちからだった。

いつか社会に復帰できた時の自分の姿として、最も高いハードル。

サロマを自分の夢にし始めた。

肺へのダメージ

抗ガン剤治療第1クールの終わり頃、以前にも受けた肺拡散能検査が行われた。

拡散能力（＝DLCO値）とは、肺が酸素を取り込む力のことで、重要なデータだ。

ピッ、ピッ、ピッ。

画面に出た数値に眼を疑った。前回より20％も減少している。検査技師に訊いた。

「これって、ひどくないですか？」

「……、3月の時より結構下がってますね」

「もう一度、測り直して下さい」

再度測定してもらうが、結果は同じだった。

正直、青ざめた。

DLCO値はいったん下がると、なかなか元に戻りにくいと知っていたからだ。

2ヵ月後、抗ガン剤治療の合併症・間質性肺炎発症の診断が下りるが、この検査結果はその兆候だった。新たな病気が待ち受けているとは知らなかったが、１００㎞マラソン復帰という夢を糧《かて》にし出した私は、肺がダメージを受けている事実に衝撃を受けた。

21日目。ついに第1クールの最終日にたどり着いた。
頭髪は、もう3分の1もない。頬はこけ、外見は、別人になっていた。
それにしても、いろんなことがあったが、何とかここまで来られた。
早朝、いつものように私の血液が検査室に送られた。治療効果を診る最後の日だ。
昼過ぎ、若い看護師が３人ニコニコして病室に入ってきて、うれしそうに言う。

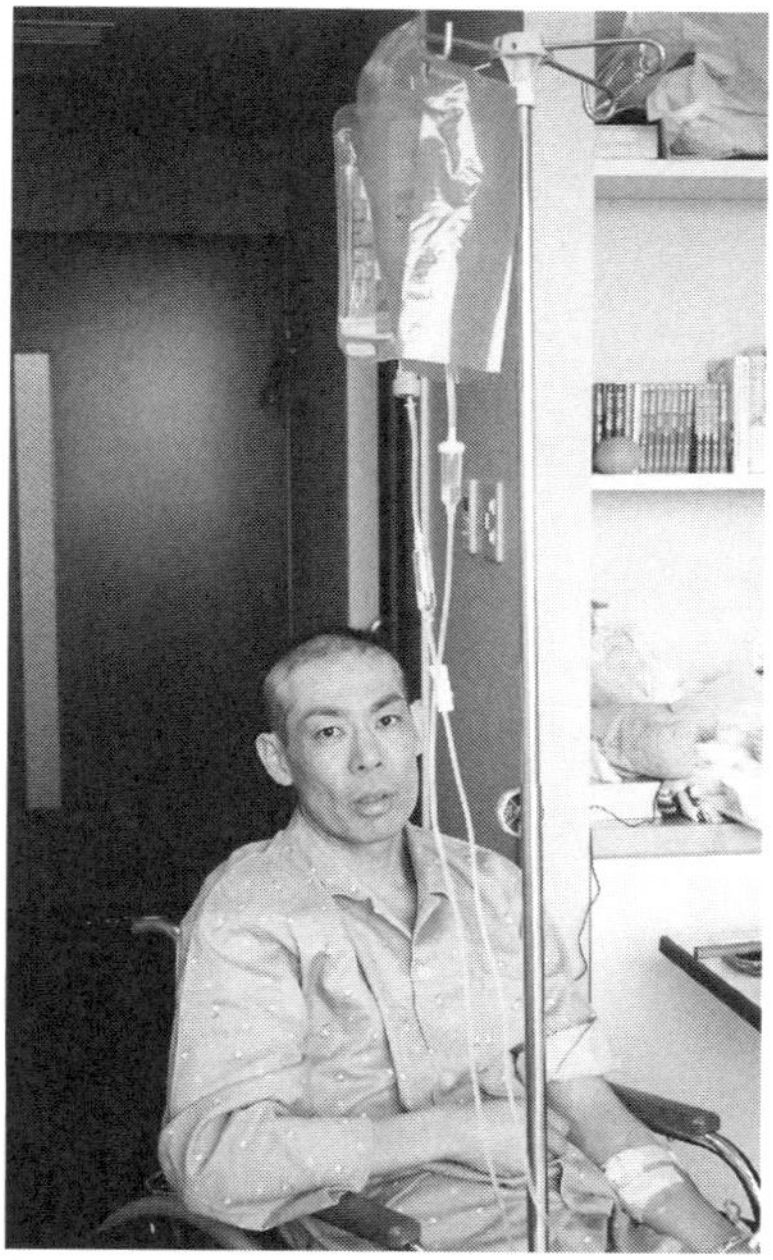
抗ガン剤で髪の毛は抜け、人相も変わった

「大久保さん、やりましたよ！　すごーい、信じらんない！」
手渡された検査結果を見ると、３つの腫瘍マーカー値すべてが正常に戻っていた。
あまりのうれしさで言葉が出てこなかった。
そして看護師たちとハイタ

ッチし抱き合った。彼女たちも涙ぐんで喜んでいる。

この時、人生の危機的などん底から、少しだけ這《は》い上がれた気がした。

ガン治療の現場では、わずか1回の血液サンプルが正常だからといって安心はしない。身体のどこかに、ガンが、まだ残っている可能性がある。だから、抗ガン剤治療を続け、血液中のマーカー値が常に正常化するまで、根治を目指す。

私の気持ちは、前を向いていた。

こうなったら、第2クールもやってやる。やりとげてみせる。

抗ガン剤による肺へのダメージは気がかりだったが、サロマ湖100kmウルトラマラソンのポスターに目をやり、「待っていろ！」と思った。

ハゲ頭のガン患者

再開された抗ガン剤治療。

まるで火炎放射器で、ガンの野原を焼きはらっているようだった。私は医療用ベッドの上で、いつも通り身体を折り曲げ、吐き気のピークが過ぎるのを待っていた。

実際、気持ち悪さは格段に増していた。まるで二日酔いの日に遊園地に行き、絶叫マシーンのバイキング船に、4時間も、5時間も、揺られているような最悪さだ。

ただ不思議だが、吐き気がする時ほど治療効果を実感した。乳首のしこりはさらに小さくなり、1円玉程度になっていた。腰の痛みはもう感じない。首の付け根の腫れも目立たない。

驚異的な威力とその効果だ。

一方、私の人相は大きくゆがめられてゆく。頭髪はゾウの頭のようにほとんど残っていない。眉毛も少ない。一見して、薬で変えられた顔とわかる。

第2クール9日目。病院近くのコンビニに外出した。店内の人がハゲ頭の私を、チラチラ見ていた。フランクフルトを買うと、公園に行きベンチに座った。

そしてサラリーマンたちが足早に交差点を渡っていく光景を見ていた。みんな健康で働いている。それがとてもうらやましい。

しばらくすると、隣のベンチにお腹がでっぷりした男性がやって来た。彼はコンビニで買ったカップラーメンと割り箸を持っている。そして、おいしそうに食べ終わると、胸ポケットからタバコを取り出し一服した。とても幸せそうに。

その光景を見ていた私は、いたたまれなくなり、自然と涙が出てきた。

「カップラーメンにタバコ、そしてメタボの彼のほうが、俺より健康なんだ……」

タバコを吸わず日常的に運動し健康に気をつけていた自分が、今やハゲ頭のガン患者。

なぜ、こんな皮肉なことになったんだろう。

生活習慣なんて、ガンと関係ないじゃないか……。

私は、何か問題にぶつかると因果関係とか、ものごとの合理性を見たがる。しかし、この病気は、まるでロシアン・ルーレットだ。単なる偶然の運命で、どんなに健康な人でも、ガンになる人はなる。逆に不摂生をしていても、ならない人はならない。

「納得いかないけど、試練は乗り越えられる人に、与えられるという」

そう自分に言い聞かせるしかなかった。

CTの画像

第2クール最終日。

撮影したCT画像検査の結果を聞く日だ。

腫瘍の影は、すべて消えているに違いないと、私はこの日を楽しみにしていた。

私一人でカンファレンス室に入ると、若手の医師が座っていた。

壁には、前回分と今回分の人体の輪切り写真が並べてあり、前回のものは赤鉛筆で木村先生がつけた腫瘍を意味する赤丸がいくつもある。順次フィルムを見比べていく。

「先生、これってすごくいい結果ですよね。今回、全部消えてますね！」

「はい。とてもいいと思いますよ」

だが彼の表情は、いまひとつ硬い。

いったい、結論はどっちなんだろう、そう思いながらフィルムを見ていく。

そして、今回の腹部の3枚目に目をやった時だ……、赤丸が2つあった。

先生はまだ2つあるが、以前より小さくなっていて、治療効果が出ていると強調する。

しかし、その言葉も私の心には響かない。

ここまでCTの結果にこだわる理由は深い。私のように、精巣腫瘍が最も進行したステージの患者は、その多くが後腹膜《こうふくまく》リンパ節郭清《かくせい》術を受ける。

この手術は治療効果の確認が目的のひとつで、取り出したリンパ節に活動性のガンが見つからなければ、ガン治療は終了する。そして、そのリンパ節郭清とは、簡単に言うと、お腹を縦に切って内臓を取り出し、奥にある50個弱のリンパ節をすべてはぎ取る大手術だ。

私は、それが怖くていやで、絶対に受けたくなかった。

鋭い刃物でお腹を切開し、胃とか腸とかを取り出すなんて、絶対に無理だ。手術した患者の写真を、インターネットで見てしまったのもよくなかった。私の場合、腫瘍マーカー値が正常に戻っているので、精巣腫瘍に関しては比較的安心できるが、手術回避のためにはさらに、CT画像で転移した腫瘍の影がすべて消えている必要があるのだ。

肩もみ

5月の終わり、治療は第3クールの山場に入っていた。

3回目ともなると、抗ガン剤治療に対し特別な思いはなく、ただひたすら耐えていた。きつい薬物治療に辟易《へきえき》する一方で、腹の2つの影におびえていた。

そんな私を思いやり、妻が、時々、肩もみをしてくれた。力を込め、ぐいぐいと。

「ママ、ごめんね。こんなことになっちゃって」

自分のせいで、家族みんなに迷惑をかけていることが申し訳なかった。

「全然、へっちゃらだよ。病院に来るの好きだし」

そして、後ろから、「大丈夫。大丈夫」と繰り返し声をかけてくれた。

長期に及ぶ治療から精神的な限界を感じていた私は、その言葉に気が安らいだ。

患者は孤独だ。

結局、病気と闘っているのは、自分一人だから。

そんな孤独な私の心に寄り添ってくれる、妻のありがたさを痛感した。

セカンドオピニオンの旅

3クールの治療ともなると合計で39回、抗ガン剤の投与を行う。

6月5日、ついにその39回目を終えた。もし私が自分を客観的に見られていたら、この身体はよく頑張ってくれたと、喜んだに違いない。

しかし、私は暗かった。腹にある2つの影を消せたという自信がないからだ。

そんな私を讃岐先生が諭《さと》す。

「大久保さん、もっと喜んでください。私はこれまでいろんな患者さんを診てきましたが、3クールの治療を休みなく、スケジュール通りにこなした方に初めてお会いしました。これは、他の患者さんたちの励みにもなる、すごいことなんですよ」

そして、いよいよ審判の日。4度目のCT画像検査の結果を聞く。

病室で待機していた私と妻は看護師に呼ばれた。妻はお絵かき中の子供たちに言う。

「パパとママ、先生と大事なお話してくるから、ここで待っててね」

予定より40分遅れの面談だった。

木村先生たちが、私との真剣な話し合いに、かなり準備したことが読み取れた。私は覚悟してその部屋に入った。

子供たちと。生きて43回目の誕生日を迎えられた

だが、結論はすぐにわかった。

先生は、いつものような笑顔じゃない。私は何もかもがいやになり、ふてくされて次のことを考え出していた。

説明では、腹部に2ヵ所、まだ腫瘍の残像があるという。妻は先生の話を一生懸命に聞いている。うん、うん、とうなずきながら。

説明は1時間以上におよんだ。

そして、最後にこう言われた。「大久保さん、手術を予定しましょう」

むくれて、すっかり無口な私に代わり、妻が言った。

「わかりました。お願いします」

この面談が終わってから数日後、私は妻とセカンドオピニオンの旅に出た。つまり本当にそんな手術が必要なのか、別の医療機関に意見を求めたのだ。

4つの病院に行き、結果、意見は分かれた。やはり手術は必要であるというものと、そうでないもの。そこで私は大いに悩み、悩み抜いて出した結論は、手術だった。

あれほどいやがっていた手術を選んだ理由はいくつもあるが、抗ガン剤の副作用により、恐ろしい間質性肺炎（のちに肺が線維《せんい》化する）を発症していたことが大きかった。ただでさえ、ガンで苦しんでいるのに、ここにきて別の病気まで発症した。一旦、ガン治療に区切りをつけるためにも、手術を受けるべきと決めた。

悲観

手術を控えた7月後半、私は一時的に会社に復職した。

一日わずか3時間ほどの出社だが、上司の一人ジェームズ・パラダイスにお願いしてそうさせてもらった。外資系証券会社が生み出す独特のエネルギーが、合併症の発症でくよくよしっぱなしの私に、活力を吹き込んでくれると期待した。

ジェームズはイギリス人で、私が入社した翌年、ロンドンから異動してきた。8年近くの関係だ。数年前にイギリスに戻ったが、6月に日本に出張に来た時、見舞いに来てくれた。自分にできることは何かないか、と彼が言うので、一時的な出社を願い出ていた。

復職して感じたが、5ヵ月ぶりのスーツと革靴は耐えがたいほど重かった。体力を失っていたから当然だが、あまりの疲労で帰宅するとすぐ横になるほどだった。

私はこの頃、何か思うようにいかないと、とたんに気持ちが沈んだ。ガンだけでもきついのに、間質性肺炎により呼吸機能まで、損なわれ出した。そして、これからもっとも悩ましい手術を受ける。１００㎞マラソン復帰を夢見て、厳しい治療に耐えていた私が、将来を悲観し始めたつらい時だった。

何事につけても、人生、予定通りになんて物事は運ばない。ましてや病気治療ともなれば、うまく行かないことのほうが多いのかもしれない。

目標を掲げて、それに向かい頑張ることは素晴らしいことだが、もくろみ通りに事が進まなかったり、結果が思わしくなくても、自分がベストを尽くしているのであれば、自分で自分をほめてあげるくらいが丁度いいのかもしれない。

思うように事が進まないからこそ人生なんだろうし、それでもめげずに頑張っていれば、必ず報われる日が来るのだと思う。

しかし当時の私は、なかなかそんなふうには考えられず、欲張りにも良い結果ばかり期待して、そうならず、自分で自分を苦しめていた。

パワースポット

２００７年7月22日、日曜日。

手術前に、もうひとつやっておきたい事があった。

それは、骨折前にいつも練習していた皇居ランニングコースの見学だった。

ランナーたちの聖地で、たくさんの人が走っている。行けば何か感じ取れるだろうし、エネルギーだってもらえると思った。とにかくパワースポットに行きたかった。

30度を超す真夏の暑い日に、長袖、長ズボン、野球帽に青色の医療マスク姿の私が、桜田門時計台のベンチにいた。

眼の前を、カラフルなウェアに身を包んだランナーたちが走っていく。

タッ、タッ、タッ、タッ……。

何人も何人も、次から次と。Ｔシャツ、ランパン姿で真っ黒に日焼けしたランナーも、きれいなピンク色のウェアの女性ランナーも走っていく。

いいな……、すごくうらやましい……。

だんだん両目がうるみ、ランナーたちがよく見えなくなってきた。

つい半年前、ベンチからちょっと先のアスファルトを、跳ぶように蹴《け》っていた……。

あの頃は、速いスピードで、短い距離を繰り返し走るインターバル・トレーニングで息苦しかったのに、今はガンと呼吸器の病気で息苦しい。

涙は止まらない。

何回も、何回も、ポケットティッシュで鼻水をかんでいるうちに、今度はだんだん自分に腹が立ってきた。

ちくしょう。泣いてたって、何も解決しないじゃないか。

メソメソして、なにがパワースポットに行きたいだ。

俺は、絶対に、ランナーとして、ここに戻って来てやる。

すべての病気を乗り越えてみせる。そしてまたいつか、マラソンに復帰して先生たちをビックリさせてやる。

こんなことで、人生、下り坂になってたまるか！

帰りぎわ携帯電話でランナーたちの写真を撮り、その場をあとにした。

自分の城

8月6日、後腹膜リンパ節郭清術入院の日。

真夏の蒸し暑い日だった。

今回の入院には並々ならぬ覚悟で臨んでいた。危険で重要な手術だからだ。腹部を切開する長時間手術は、間質性肺炎のステロイド（合成副腎皮質《ごうせいふくじんひしつ》ホルモン製剤）治療を続けながら行う。つまり、免疫力を低下させての手術だ。

そして今回の手術で、私の未来が大きく変わる。

もし手術で取り出す50個弱の腹部リンパ節の腫瘍組織がすべて死んでいたら、私のガン治療は終了する。

一方、1個でも活動性のガン組織が見つかれば、四たび抗ガン剤治療が始まる。

抗ガン剤治療なんて、もうごめんだ。

エレベーターで17階に上がった。5回目の入院ともなると、私は、名物患者だ。カギを受け取り病室に入り、早速、自分の城をつくっていく。

私は、城が強固でないと闘えない。

精神力だけで半年闘ってきた。今回も私を鼓舞するものはすべて近くに欲しかった。

まず、アームストロング選手のＤＶＤの箱を２つ枕もとに飾る。それから、病室の壁という壁にあらゆるものを貼り出す。サロマ湖１００㎞ウルトラマラソンのポスター、家族の写真、娘が描いた家族４人の絵、息子が習いたての字で書いたはげましの言葉、自らの１００

自分を勇気づけるものすべてを、病室の壁に貼りつけた

kmマラソンゴールの写真、軽井沢のカラマツ林の写真……。

そして、自作の標語。「必ず、うまくいく！」「苦しみは一時、喜びは一生」「サロマで自己新！」「あせるな！　大丈夫」、そして、「最高の結果を出してやる」。

これが私の城だった。

医師も看護師も、私の部屋に来て眺めては、「すごいな、これ」と異口同音に言った。

死を覚悟した妻

8月8日、手術当日。

朝、テレビを観ていた。間もなく手術室に移る。妻と静かにその時を待っていた。

「大丈夫だから……」妻の言葉に、「うん」と小さくうなずく。

朝7時55分。予定通り看護師が来た。

私はひざかけを掛けて、車椅子に座った。

廊下に出ると、看護師が全員で声をかけてくれる。

「大久保さん、頑張ってね！」

「絶対に、大丈夫だから！」

これで3回目の手術。今回がいちばん大きなものになる。

最後に妻と言葉を交わしたはずだが、よく覚えていない。


またクリーム色の大きな自動扉を、いくつも越え手術室に入っていった。

この日の手術室は、不思議といつもより照明が落ちていた。すでに青色の手術着、マスク、ヘアキャップをしている人が6人ほどいて、各自準備をしていた。

私は、全裸になり狭い手術台の上に横たわる。

ドクッ、ドクッ……心臓の高鳴りがわかる。

思わず、自分の腹を見た。

これから、ここを切るんだ……。

中のものを取り出されるんだ……。

やがて、一人が近づいてきた。麻酔科の医師だ。

「おはようございます。これから麻酔を打っていきますんで、背中を見せて下さい」

私は、枕に右頬をつけ、脚をくの字に曲げ、背中を見せた。

看護師たちが、私を動かないように押さえつける。

「では、始めますよ」

その瞬間だ。

痛い！

背骨に注射針を打たれた。

かなり大きな針だ。

徐々に麻酔薬が入れられている。

ブルブルと身体が震え、どっと汗が流れる。

「次、このあたりいきます」

さっきより10㎝ほど上の場所を指で押された。そして、刺す。

痛い！

同じ刺す痛みだ。今回の手術は、今までになく針が太く大きい。激痛で顔がゆがむ。

「大久保さん、頑張りますよ。もう少しです」先生が言う。

背骨のほうでベタベタと音がする。ビニール製のムカデのような長いシールで、それが打ってある針と、いくつもの長い管を包む。管は自動麻酔注入器につながり、そこから適量の麻酔薬が、私の脊椎に送り続けられる。

「今度、このあたりいきます」

それが最後の言葉だった。

それからの記憶はまったくない。

麻酔薬で深い昏睡《こんすい》状態に落ちたのだ。

事前に受けていた木村先生の説明では、こうだ。

私の口からビニール製の管を差し込み、気管にまで、その管を入れる。これが、いわゆる人工呼吸器の管だ。

手術中の私は、仮死状態。夜寝ているのとは、わけが違う。

麻酔により、可能な限り身体の機能を麻痺《まひ》させ、呼吸すら自力でできない状態にある。あとは人工呼吸器のポンプが、プシュープシューと肺に空気を送っては抜き取る。

生と死のギリギリのところに患者を置き、この外科手術は行われる。


午後6時過ぎ。すでに手術が開始されてから、9時間。

「もう、終わるのではないか」ラウンジにいた妻は義兄とその連絡を待っていた。

そこに看護師がやってくる。

「ご主人のことで先生からお話があります。病室でお待ち下さい」

とっさに悪い知らせだと察した妻は、気が動転し、手が震え、泣き出したという。

「もうだめだ」と思ったらしい。

この6ヵ月のガン治療中、彼女はできる限り明るく振る舞ってきた。

自分が暗くなったら、すべてがだめになっちゃうから、と思い。

そして毎朝、空に向かい両手を合わせ、必死でお願いしていたそうだ。

「神様、パパを救ってください」「どうか、また、昔のような幸せな家庭が戻りますように……」


病室で待っていると、若い医師がやってきて言った。

「御主人のお腹の中は癒着《ゆちゃく》が強く、それを解くのに時間がかかっています。これが終わったら、リンパ節郭清術に入ります。今日は、長時間の手術になると思います」

途中経過の報告だった。

一瞬、夫の死を覚悟した妻は、安堵《あんど》感でぐったりしたという。

この間も、頴川教授と木村先生たち3人は、懸命になって手術を行っていた。

人造人間

はたして何時間、眠っていただろうか。

目が覚めてわかったことは、手術前の自分ではなくなっていたことだ。

身体から10本のビニール管が出て、ＩＣＵ（集中治療室）にいた。まるで、映画で観る人造人間のようだった。周囲には医療機器が並び、電子音が小さく鳴っている。

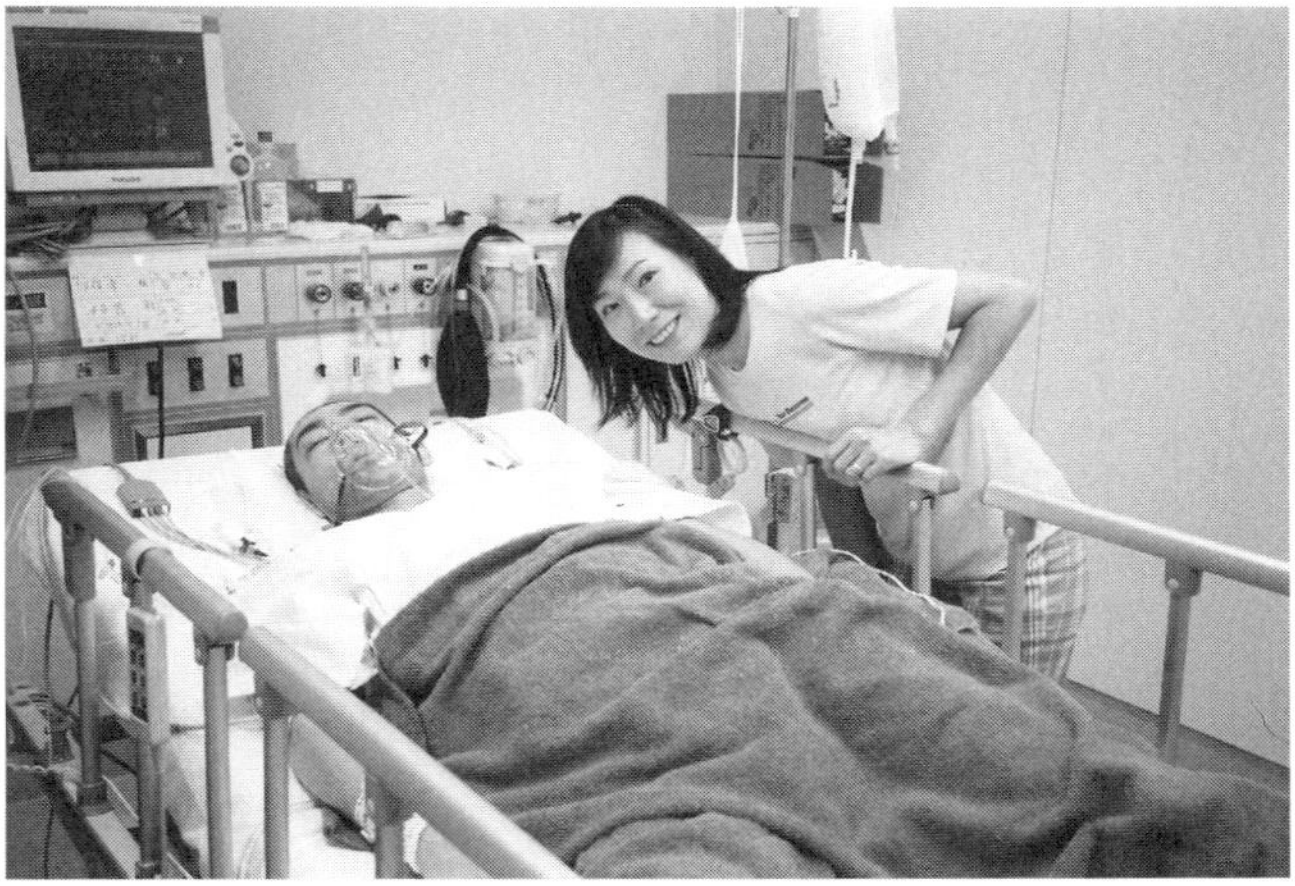
15時間におよぶ手術のあと、集中治療室で妻と対面

結局、手術は15時間かかった。

そして、無事に終わっていた。

しかし、身体はまったく動かないし、声すらうまく出せない。

近くにいた妻と看護師が、目が覚めた私にホッとしている。看護師が呼んできた集中治療室の医師が、私の耳元で声をかける。

「手術終わりましたよ。わかったら、右手を上げて下さい」

私は、右のひじから下を、上に曲げた。

「はい。では、左手も上げて下さい」

「…………」

「どうされましたか、左を上げて下さい」

私は、声にならない声で言った。

「うで、が、あが、りま、せん」

医師は驚いた顔になり、その場を離れると、数人の医師といっしょに戻ってきた。

ベッドを囲んでいる医師たちは、何度も何度も左腕を動かすように指示を出す。

しかし、ピクリとも動かない。

皆困っているが、いちばん困っているのは私自身だ。

そのうち、ゆっくりだが、少しだけ左腕が上がった。医師たちは、ホッとしたようすで、

「よかった。まだ神経は通ってるみたいだ……」そう言った。

それから、しばらくして整形外科の医師がやって来た。

彼の指示通り、いろんな所を動かそうとするが、指示されたことの半分もできない。

「レントゲンで詳しく調べないとわかりませんが、神経にダメージがあるようです」

その瞬間、崩れるような気持ちになった。

せっかく手術が終わったのに、これじゃ、マラソンなんてできないじゃないか……。


1週間後に確定した診断は、胸郭《きょうかく》出口症候群というものだった。

手術中、私は十字架に張りつけられたように両手を左右に開いた姿勢で、15時間じっとしていた。その間、左腕への血流が悪くなり、神経がダメージを受けたという。

「元気度2点」

集中治療室ではあわただしかった。

まず人工呼吸用のチューブが取れ、左右の点滴、動脈に刺された細い管も取れた。

翌日、鼻から胃へつながったチューブも取れ、口がきけるようになった。

酸素マスクも、口全体をおおうものから、鼻に管を入れる酸素吸入器に替わる。

腹は爆発しているかのように痛い。切開は33㎝におよんでいた。

首から下はまったく動かない。

それでも、集中治療室2日目の午後、自分の病室に戻れることになる。

ベッドのまま、病室のある17階に上がると、看護師たちが迎え入れてくれた。

「大久保さん、本当によく頑張ったね。すごいよ！」

彼女たちが大きな拍手をしてくれる。

しかし、15時間という手術のダメージは大きかった。

体力も筋力も失い、ベッドから自力で起き上がれない。寝たきりのお年寄りと同じ身体になってしまった。医師が何とか動かすようはげますが、どうにもならない。

翌日、懸命にベッドから車椅子に移った。ヨタヨタと15分以上もかかった。その時、辛抱強く私を手伝ってくれた看護師が、泣きながら手を叩いたのを覚えている。

「すごい、すごい！」と。

この頃、声を出せないという経験もした。意思表示できないつらさを身にしみて感じたが、たかが声を出すにも、筋力がいるのだと思い知った。


翌々日、病室から20m先のラウンジまで歩いた。とぼとぼと20分以上かかった。ようやくテーブルにたどり着き、ぐったりしていると、どこかの見舞い客に言われた。

「よぉ、あんた、大丈夫か？」

ただ声も出せず、表情も変えられない私は、じっと彼を見ていた。すると、

「なんだよ、そんな、おっかねえ顔してさ……」

そう言ってどこかに行ってしまった。


日記には「元気度2点」。100点満点の2点。震えるような字で、そう書いた。

大きな歓声

2007年8月13日。手術から5日後。

この日は、長い闘病のなかでも、忘れられない日のひとつとなった。

昼過ぎに妻の親戚が見舞いに来て、狭い病室は賑《にぎ》やかだった。みんなで他愛もない話をしていた時、木村先生がひょっこり顔を出す。

「これは、みなさん、おそろいで」そう言われた。

親戚たちが気を利かせて病室を出ようとした時、先生が言う。

「よかったら、いっしょに聞いて下さい」

私は、ピンと来た。絶対に、いい知らせに違いない。

「大久保さん、先週の手術の病理検査の結果が出ましたよ。……取り出した47個のリンパ節は、すべてガンの壊死《えし》組織でした」


とたんに大粒の涙が、ぽろぽろ出て、自然と木村先生と抱き合って喜んでいた。

妻も、となりで大泣きしている。

状況がわからない親戚に妻が涙声で説明すると、病棟の端まで聞こえるような、わぁーっという大きな歓声があがった。

「終わった。ついに俺のガン治療が終わった」

ガンの告知から、22週と4日目のことだった。

長く暗かったトンネルを、ついに抜けた。

ほんのつかの間だが、幸せをつかんだ時だった。

第五章　生存率20％以下

新たな病名

8月の終わり、まだ蟬《せみ》が騒がしく鳴く頃、私は退院した。めでたくガンの治療は終えたが、身体は弱りきっていた。切開した腹は腫《は》れ上がり、腰を曲げていないと痛い。体力と筋力を失ったうえ、胸郭出口症候群により左腕はブラブラ状態、骨折の足首は固く曲がらなくなり、ガックンガックンとしか歩けない。

退院したと言っても、厳しい患者には変わりなかった。なかでも不気味だったのが、3ヵ月前に発症した例の間質性肺炎だ。

あれは、6月の発症当時のことだ。頻繁にケーン、ケーンという乾いた咳が出ていた。呼吸器内科の外来に行くと、待合室にマスクをした患者たちが、ずらりと並んでいた。みな元気なく、うつむいて座っている。黒い酸素ボンベをとなりに立て、鼻にチューブを入れている患者もいる。

「大久保さん、32番へお入り下さい」

ノックして入ると、皆川俊介先生という若い医師が座っていた。私が話す時、必ず動きを止めて真剣に耳を傾ける真面目な人だ。讃岐先生と同期らしい。

「確か、今、泌尿器科で抗ガン剤治療を受けてるんですよね」

彼は、私の胸と背中に何回も聴診器を当て、肺の音を丹念に聴いた。そしてCT、血液データ、肺拡散能検査の結果をじっくり見ると言った。

「間質性肺炎を発症しています」


新たな病名を告げられ、私はひどく動揺した。


「抗ガン剤が原因でしょう。すでに咳が出ているから、ステロイド治療を始めます」

まだ抗ガン剤治療中なのに、新たな病名を告げられ、押しつぶされそうになった。

「これは治るタイプの間質性肺炎と思います。だから、気を取り直して下さい」

その言葉が心に引っかかった。ならば「治らないタイプ」があるってことなのか……。

その後、この病気を調べ、そのやっかいさを知るにつれ、私は身震いする。

特発性の場合、治療困難な難病のひとつだ。肺胞が線維化（肺が硬くなること）したり、急性増悪《ぞうあく》（急に症状が悪化）した場合、生存率は高くない。

夏の終わり、私はその間質性肺炎の治療を在宅で続けていた。

退院後の私を苦しめていたのは、それだけではない。

寝ているると急に汗が噴き出し、痛くなるはずもない部位が痛み出す。

そのたびに、ガンが再発したのではないか、と考え、おびえてしまう。

さらに悩ましいのは、弱った身体の機能回復がなかなか進まないことだった。

比較的体調が良い日の翌日は、衰弱して身体がどうにも動かない。

一歩前進、一歩後退。じれったい毎日だった。

入院して治療していた頃は積極的に病気と闘っていたから、精神的には楽だった。

それが今はどうだ。

再発におびえながら回復を待つだけの生活。私には耐えがたかった。

生存率20％以下

10月半ば、朝夕の空気が涼しくなり、秋が深まり始めた頃のことだった。

皆川先生から「風邪にだけは気をつけて下さい」と口を酸《す》っぱくして言われていた。風邪などの感染症は、間質性肺炎を悪化させる危険性がある。

手洗い、うがいを徹底し警戒していたが、私は風邪をひいてしまう。

身体の抵抗力が弱っていた私は、もろかった。

大急ぎで病院に行くと風邪の初期で喉《のど》が赤く腫れているが、熱はなかった。

安静にしているように言われたが、翌日から急に様相が変わり出す。

例のケーンという乾いた咳が日に日にひどくなり、私は弱っていく。

「これは、絶対に変だ」と思い、再び皆川先生の外来を訪れた。


10月23日、東京慈恵会医科大学附属病院呼吸器内科。

肺のレントゲン画像を診た皆川先生は、怖い顔でなげくように言った。

「大久保さん、肺が真っ白ですよ。一体、どうしたんですか……」

私の肺の写真は、吹雪のようだった。目をおおいたくなるような、汚い画像だ。

そして急遽行われた肺拡散能検査。


結果、酸素の取り込み能力（ＤＬＣＯ％）は、なんと半分の51％にまで落ちていた。


最も恐れていた急性増悪が起こっていた。

皆川先生は、う～ん、と唸《うな》り、両手の握りこぶしで両目をこすった。そして、

「とりあえず、ステロイド薬を、今の4倍にしてようすをみます。もし、ＤＬＣＯ％が50％を切ったら、酸素ボンベで在宅酸素を開始します」

さらに呼吸機能の劣化は肺組織の崩れによるもので、もう元に戻ることはないと言う。


肺が元に戻らない……。

あまりの衝撃で、自分を失った。

いつか元の生活に戻り、マラソン復帰をも夢見てきた私は、再び絶望的になる。

今や、はたして普通の生活ができるのか？　命が助かるのか？　という深刻さだ。

数値で言えば、すでに片肺しか機能していないに等しい。


それからは、耐えがたい地獄の中にいた。

息苦しくて、息苦しくて、一日中どうしようもない。

この病気の急性増悪はガンとは異質の恐ろしさで、ガンの何倍も厳しい。

朝から晩まで、普通の呼吸ができないということは、まるで24時間顔全体を布でぐるぐる巻きにされ、何度も何度も溜池《ためいけ》の中に頭を沈められるみたいなものだ。

終わりのない拷問《ごうもん》。

いっそ殺してもらったほうが、どれほど楽かと思った。


進行して肺胞に線維化が生じると呼吸不全にもなりうる。

残念ながら、私の肺には、その線維化が起こっていた。

精巣腫瘍の最終ステージという事実と併せると、一説には、生存率20％以下。

ガン治療が終わったというのに、私はそれ以上の命の危機に直面していた。

泣けばいい

食べかけのチャーハンが涙だらけになっていた。

私は、ボロボロ、ボロボロ、涙を流しぬぐうこともできない。

それを正面で見ている妻は黙って私の愚痴《ぐち》を聞いていた。そして、ぼそりと言う。

「パパは、大丈夫だよ」

肺が白くグチャグチャになり、もう元に戻らぬことをなげいている私に、そう言った。

「肺の白いのは、パパの模様だよ。単なる模様……」

嗚咽《おえつ》でむせかえる私を目の前にしても、彼女はあくまで楽観的で強気を装う。

「パパは、大丈夫。私にはわかる。泣きたければ、泣けばいい。でも、大丈夫だからさ……」

お昼のチャーハンは、しょっぱいお茶づけのようになっていた。

自分の身体との対話

この頃の私は、自分の身体はさまざまな生命と個性から成り立っていると感じ出す。ガンは寛解《かんかい》（一時的に、あるいは継続的に症状が軽減した状態）を告げられ、再び、命を延ばしてもらえた。だが、長時間の手術でズタズタになった身体は、思うように元に戻らない。だから、何をしているんだ、と自分の身体を責めてばかりいた。

しかし、ガンを発症して以来、内臓も、筋肉も、骨も、みんな頑張ってくれていた。肺だってそうだ。

劇薬の抗ガン剤により炎症を起こし、傷んでいるにもかかわらず、回復が遅いと責めてばかりいた。やがて肺は、軽石のように硬く死んだ組織になった。とんでもなく可哀そうなことをした。

こんな大変なことになった今、誠実に心を込めて、身体と対話をすべきだと感じていた。そして毎日、自分の肺をはげまし、勇気づけていた。

発作

２００７年10月26日、夜。

忘れもしない、あの出来事が起こった日だった。

夕食後、風呂場でシャワーを浴びていた私は、ゼー、ゼー、と荒い呼吸をしていた。身体を洗う際、息を止める時があるので呼吸は乱れる。しかも風呂場は蒸気が立ち込めている。

片肺状態にある私は、いっそう酸素が取り込めなくなり、自然と大きな呼吸をしていた。洗髪をし出した時だった。うっかり小さなシャボンを吸い込んだ。

そのとたんに、激しい、大きな音の咳が出始め、止まらない。

ケン、ケン、ケン、ケン、……、ケン、ケン、ケン、ケン。

発作だった。


風呂の椅子から転げ落ち、頭が泡だらけの状態で、タイルの床に横たわり、のた打ち回った。ケン、ケン、ケン、ケン、と咳が絶え間なく出て、息を吸えない。

家族の助けが欲しいが、声を出せない。


このまま死んでしまうかもしれない、本当にそう思った。

リビングにいる妻に知らせるため、必死になって、かかとで、風呂場の扉を、ガン、ガン、ガン、ガン、と蹴りながら、真っ赤になって転げ回った。

血相を変えやってきた妻が、扉を開け、大声で叫ぶ。

子供たちは、後ろでこわごわと見ている。

ケン、ケン、ケン、ケン、……、ケン、ケン、ケン、ケン。

呼吸器の発作は、恐ろしく、このまま窒息死するかのような異様な状況だった。

目の前で、のた打ち回る私に、妻も手の施《ほどこ》しようがない。

やがて、徐々に咳の間隔があき、意識がはっきりし出した。風呂場の扉が開き、蒸気が抜けたからだろう。

私は、妻の肩をかりて立ち上がり、そのまま寝室の布団の上で横になった。泡だらけで、真っ裸のままだった。

咳をし、泣きながら、妻に言った。

「ママ……、ごめんなさい……」

妻は少しホッとした顔になり、涙を浮かべながら、

「一体、何があったの！」

彼女は、今にも、救急車を呼ぼうとしていたが、やがて、咳は小さくなり、落ち着きを取り戻していった。

「俺は、風呂でシャワーすら浴びられない……」

命の危険をかかえながら生きていることを、再び、実感した。

生きたい

２００７年11月1日。

薬の量を４倍にしたが病状は改善されず、ついに入院をしての治療となる。

このままでは、あまりにも危険だという先生たちの判断だった。

また入院か……というくやしい思いと、とんでもないことになった、という恐怖心。

先生は、早速、薬の量を７倍まで引き上げる。かなりの量だ。

もうここまで来ると、あらゆる手を打たなくてはならない段階だった。

木村先生も、讃岐先生も、若い先生たちも病室に顔を出し、私をはげましてくれる。先生たちの雰囲気から、私が厳しい状態にあるのが見て取れた。

生きたい。

絶対に、死にたくない……。

しかし、胸のレントゲン画像には良い変化が起きないし、肺の音も改善しない。

治療効果が出ないなか、とうとう６日目の夕方、皆川先生は思いきる。

「大久保さん、ステロイド・パルス療法をご存じですか？」

「はい。多少は……」

「僕は、そのパルス療法で、わぁーっと炎症を封じ込められるか、やってみたいんです」

もう、なんでもいい。命を助けて欲しい。

私は、そんな気持ちだった。

正しく生きてみせる

夜、真っ暗な病室で一人考えていた。

生きることは苦難の連続だ。

何かひとつ、トンネルを抜けて順調に行き出すと、また別のトンネルに入る。

こうして命と向き合うようなことは初めての経験だけど、これまでも、その時その時、出口の見えないトンネルに入っては、何とか抜け出そうと、もがいてきた。

留学も、仕事もそうだった。

抜け出した時、少しばかり成長した自分がいて、それがうれしくて生きてきた。

ところで私は、これまで、正しく生きてきたのだろうか？

つまり、自分の大切な人たちに対し、正しい行いをしてきたのだろうか……。

妻は、毎朝、子供たちにご飯を食べさせ、家族の衣服を洗濯し、家の中を清潔にしてくれる。子供たちが小学校から帰ってくれば、夕飯を用意し、風呂に入れてくれる。

そして、今、社会のお荷物のようになった私を一生懸命に世話してくれる。毎日、病院に来て心細い私の話し相手になり、明るく振る舞い心を支えてくれている。

私が妻に感謝することは山ほどあるが、私は彼女に感謝されるようなことを、どの程度してきただろうか？

働いて生活の糧《かて》を稼ぐなんていう当たり前のことじゃなくて、家族がつらい時に寄り添い、困っている時に手を差し伸べるようなことを、どれほどしてきただろうか？

はたして、私はよい夫だったのだろうか？

子供たちにとってよい父親だったのだろうか？

両親に対してはどうか。これまでの43年間、よい息子だったのだろうか？

考えれば考えるほど、正しく生きてきた自信がない。

神様が、もしもう一度、私にチャンスを与えてくれるのであれば、今度は、後悔しないように正しく生きてみせる。

そう誓いながら、病室のベッドの中で、うずくまっていた。

死を意識

ステロイド・パルス療法とは、それまで最大7倍量（一日70mg）まで増やして慎重に行っていたステロイド薬の投与を、一気に1000mgに引き上げるものだ。

これを、ドカーン、ドカーンと3日連続、点滴で入れて病巣を叩く。

片肺状態になり16日目のことで、正直、一か八かだった。

11月7日、1回目の大量ステロイド薬投与の日。

今回も点滴薬を拝み、「頼むから、助けてくれ」と真剣に祈った。

しかし、その日撮影した肺のレントゲン画像には、何も変化が起こらない。

パルスオキシメーター値（動脈血酸素飽和度）も低いままで、改善は確認されない。

翌日、2回目を投与。しかし、この日も何も起こらない。もう我慢比べも限界だ。

さらに翌日、3回目を投与。巨大な爆弾を、3日間連続で投下させた。

残念ながら、それでも息苦しさのレベルはまったく変わらない。

結局、何も変わらないのだ。

もう、俺は、だめなのかな……。

万策《ばんさく》尽きたようだった。

そして、11月10日、薬の投与量は、最初と同じ40㎎に戻されてしまった。


この日夕方、病室で静かに考えた。

この先、私には、どんな人生があるのだろうか？

そして、その生活は、いつまであるのだろうか？

インターネットでこの病気を調べると、治療に抵抗性があるものは、数週間で死に至るとある。一方、慢性的に進行した場合、10年以上生存する例もあるという。

いずれにしても、死を前提とした表現だ。


私は、死を意識した。

意識せざるをえない状況だった。


そこへ、……皆川先生が、ドタドタッと、ビックリするほどの勢いで飛び込んできた。手にレントゲン写真を2枚持って。

「反応してるよ！　薬に反応してる！　ここ、ここ！　左の上と、右の下の影が、薄くなってるんだよ！」

圧倒されるようなものすごい形相《ぎょうそう》だった。


手に持ったレントゲン写真はライトに透過されてないのでわからないし、何より改善している自覚がない。そう伝えると、

「大丈夫！　画像上の変化のあとに、自覚症状が出てくるから！　絶対に楽になる。大丈夫！」

「じゃあ、俺、助かったんだね。助かるんだね、先生……」

震える声を、ようやく、しぼり出した。

社会に戻りたい

あれから4日が経っていた。

悪化に歯止めがかかり好転したのは事実だが、画像上、肺の影がさらに薄くなったという報告はない。まだ予断を許さない状況が続いていた。

この日、皆川先生は次の攻撃的な治療を考え、私の病室に来た。

「大久保さん、この治療は長期間に及ぶはずです」

「どのくらいですか……」

「2年とか、かかると思いますよ」

それを聞き、愕然《がくぜん》とした。ガン治療の4倍ではないか。

ステロイド薬を投与する治療は、やっかいだった。

いったん投与すると身体的依存が生じるため、時間をかけ徐々に減薬する必要があった。

つまり、そうしないと間質性肺炎が、再度悪化する恐れがある。

もし、もう一度増悪が起これば、命は助からない。

一方、すでに相当量のステロイド薬を使った副作用で、縦隔気腫《じゅうかくきしゅ》（左右の肺の間にある縦隔に、損傷した気管から空気が漏れた状態）ができていた。ステロイド薬は積極的に減らしたい。

この悩ましい状況下、次のステップとして、皆川先生は提案する。

「免疫抑制剤も併用したい」と言うのだ。

自己免疫力を低下させる薬。これは、臓器移植の時に現れる拒絶反応の抑制にも使われる薬で、免疫系の活動を抑制するために用いるものだ。

当然、身体の抵抗力は弱まり、患者を常に危険な状態に置くことになる。

しかし、私はこれを承諾した。

あらゆる薬を投与してでも、生き続け、社会に戻りたいと願っていた。

父として、夫として、家族のもとに帰りたい。

そしてチャンスがあれば、もう一度、マラソンをやってみたい。最も難しい夢をあきらめてはいなかった。

第一歩

1週間後、免疫抑制剤も併用した結果、肺全体の影は徐々に薄らいでいった。死と背中合わせの危機的な状況は、なんとか乗りきったという雰囲気だった。

一方、体力の衰えはひどく、どうしたらよいのか、わからないでいた。

呼吸器疾患で一日中安静にしていると、信じられないほど弱り衰える。手すりにつかまりヨロヨロと8階の売店に向かったが、途中で全身が痛み出し座り込んでしまった。

先生たちからも、「体力の回復には、2年とか、3年とか相当な時間がかかるはずです。だから、絶対にあせってはいけませんよ」と釘を刺される。

そして、退院の日、皆川先生から、こんな言葉を贈られた。

「これからが本当の勝負です。大久保さんは、引き続き、在宅で治療をされる患者さんに変わりないんです。病棟から外に出て治療を続けることは、社会に戻るための第一歩です。心細いでしょうが、頑張って下さい」

こうして、6回目の入院治療が終わった。

横断歩道

この年は2月の骨折から始まり、3度の手術と3ヵ月におよぶ抗ガン剤治療、さらに間質性肺炎の治療と、最後に退院した時はすでに10ヵ月が経っていた。

命はたぶん助かった。しかし、この時の私には何も残っていなかった。

消耗しきり胸は痩《や》せこけ、あばら骨が鎖骨のあたりまで見える。肺と喉元は、常に息苦しく、重い溜息のような呼吸しかできない。

マラソンで作り上げた身体は、まるで100歳の老人のように弱りはて、脳の衰えまでも自覚するほどだった。言葉をうまく話せず、話の途中で、「あー、うー」となるし、知人の名前も思い出せない。

まさに、ヨボヨボだった。

忘れられない出来事がある。

リハビリになると思い、子供たちと駅近くの本屋までヨタヨタと出かけた時だ。

駅前の横断歩道の信号機が青になり、渡り始める。

一生懸命に歩いているのだが、トボトボとしか進めない。そして、横断歩道を半分ほど渡ったところで、青信号がチカチカと点滅し出した。子供たちが、泣きそうな顔で「パパ、早く！　早く！」と叫ぶ。私もあせっているのだが、どうにもならない。

とうとう信号は赤になり、後ろのほうに停車していて私のことが見えない車がクラクションを鳴らし出す。プッ、プー。屈辱的な出来事だった。

俺は、横断歩道ひとつ満足に渡れない……。

くやしくて、情けなくて、この気持ちをどうしていいかわからない。こんなにも変わり果てた自分を受け入れることができなかった。健康な頃の自分に戻りたいが、そんなこと容易にはできない。できないことだらけの自分をまたみじめに思うが、頑張ろうと思っても、どうにもならない身体だから、頑張ることすらできない。


しかし、失ったものをなげいていても、しかたがなかった。

やるべきことは、崖のような壁を少しずつよじ登り、かつての自分を取り戻していく。ただそれだけだ。

正直、どこまで回復するか、わからないけど、振り出しに戻すことが絶対的な目標だ。社会復帰への挑戦は、ここから始まった。

再発へのおびえ

異常なまでに体力が落ちた私にとって、冬は難しい季節だった。

寒さで身体がこわばり、一日中、ドーンとした重い頭痛があり、横になることが多かった。

在宅での治療は、飲み薬の服用で8種類あった。

ステロイド薬、免疫抑制剤、そして、これらの薬の副作用を抑えるために、感染症治療薬、胃腸薬、細菌感染症予防薬、胃酸を中和する薬、コレステロールの産生を抑制する薬、そして睡眠導入剤。

薬の副作用で、なかなか寝つけないし、一度寝ても夜中に何回も目が覚める。

さらによくないのは、一度起きてしまうと、どんなに頑張ってもすぐには寝つけない。

だから冬の夜中の寒いなか、何をするでもなく起きている。

睡眠時間は夜と昼を合わせて最低でも13時間が必要だった。こうなると一日中、寝ては起き、起きては寝る生活になる。そうしないと身体が持たないのだ。

そして日中は、1時間ごとに体温、脈拍、動脈血酸素飽和度を測っていた。

自分でも異常だと思うが、再発へのおびえがそうさせた。

早歩き

春、４月に入り暖かくなる。

退院してから、４ヵ月以上が経っていた。

横断歩道を時間内に渡れるまでになった私は、マラソン復帰への第一歩を踏み出すことにした。

自宅近くに外周が５００ｍの公園があった。

その日は、相当な覚悟を決め、公園に向かった。元気だった頃そのままのウェアに着替え、マラソン用のサングラスまでかけて、今にも走り出しそうな格好だった。

しかし、ジョギングなんてできるはずもない。どこまで、何ができるのか、わからないけど、早歩きと言うか、運動らしき歩き方をしてみたかった。

公園の歩道上、腕時計のストップ・ウォッチを押し、歩き出した。

腕を振ってみる。だが、やってみてすぐにわかった。すべてがおぼつかない。

必死になって早歩きをと思うのだが、２００ｍも歩くとゼーハー、ゼーハーして、ついにはガードレールにつかまりしゃがみこむ。

それから、歩いてはしゃがみこむを繰り返して、なんとか2周した。

16分もかかった。

1kmを16分なんて、信じられない遅さだ。

病気前の自分なら4km以上を走り終えていたのが、その16分だ。

ところが、そんなウォーキングも4月に数日しただけで、5月にはパタリとやめてしまった。運動したあとのダメージが、想像以上に大きかったからだ。

腰にはいやな痛みが残り、頭痛と吐き気、息苦しさは、尋常《じんじょう》ではなかった。

2本のスクリューボルト

6月、うれしい出来事が2つ起こる。

ガンは3ヵ月ごとの経過観察に入っていた。私は低い生存率のなかを生きている患者に変わりない。だから、先生の診察室に入ると先生の表情を見て結果を予測した。

この日も木村先生の表情は明るい。

「体調は、いかがですか?」

「悪くないです。先生、そんな話はいいからさ……」

「わかりました。結論から言うと問題ありません。再発はないし、気になることもありません」

私にとってこの日の「問題なし」は、とても重みのある一言だった。

「先生、俺、ついに1年経ったよ。1年間、生き延びた」

統計では、精巣腫瘍（睾丸ガン）の再発は、その80％が1年以内に生じている。

だから、喜びもひとしおだった。

ガンから1年間、生存。

待ちに待った節目の日だった。


もう1つは、整形外科の油井先生だった。

1年半前に埋め込まれたスクリューボルトを抜くことになったのだ。

「大久保さん、本当にすごいことをやりとげましたね。重い病気を2つも患ったのに、それを乗り越えたなんて……よかった」

彼女は、我がことのように喜んでくれた。

しかし、まだ間質性肺炎の治療中で満足に早歩きすらできない私は、乗り越えたなんて気持ちにはなれない。だからこそ、これから始まる本格的な仕事復帰と、いずれ再開するランニングに向け、ボルト除去手術が良い区切りになると思った。

これ以上時間が経つと、骨と金属が癒着してしまい、取り出せなくなる。

6月下旬、その手術を終え、抜き取ったボルト2本を記念にもらった。

意外と長く、足の親指くらいあった。

大切に持ちかえり、机の上に飾った。

すべては、この骨折手術から始まったのだから。

浦島太郎

まだ間質性肺炎の治療中だったが、会社に復帰した。

春から、1日3時間程で週に1〜2回、無理のない出社を会社が許してくれた。

出社し始めて間もなく、私は社内の変化に気づく。

見たことのない顔がたくさんいて、若い人が増えている。

私はまるで浦島太郎だ。この1年2ヵ月の間に、かなりの人間が入れ替わっていた。

ある日、エレベーターホールで待っていたら、声をかけられた。

「こんにちは。最近入社されたんですか?」

あんたは最近だろうけど、こっちは9年も前だよと不機嫌になった。

そして驚いたのは、同じ部門に数年前に異動してきた若い外国人が、私より上の役職への昇進審査中だという。周囲の雰囲気から、彼の昇進は間違いなさそうだった。

さらに、他の部門では、私よりあとに入社した若手が、昨年の秋に昇進していた。

44歳の私を追い越して、みんな、どんどん先に行ってしまう。

一方の私は、いまだに体調がすぐれず、頻繁に病院に通い、通常の勤務すらできていない。だから、身体が回復するまでの向こう2～3年は、若い人たちが、私より高い職位に昇進し続けていくのだろう。なんとも、しんみりした気持ちになった。

しかし、そんなことを気にして、思い悩み、苦しむなんてばかばかしい。5年生存率という言葉がある以上、私は、まず5年という時間を生きて、そのなかで、自分にできる精一杯のことに取り組み、一歩ずつ前へ進んでいくべきだ。そうすれば、いつかきっと次の活躍のチャンスが巡ってくるはずだ。そう信じた。

小さなことの足し算

この頃、仕事人としての成長って、どうやって測るんだろうかと問い直していた。本調子でないなか、これまでのやり方で自身を評価することに、抵抗があったからだ。病気前は、わかりやすい絶対的な結果や、数字で表せるような成果ばかり追っていた。しかし、むしろ小さなことの足し算が大事なんだろうと思い始めた。苦手な取引先に思いきって電話してみたとか、大会議で勇気を出し、手をあげて質問したとか。

そんなできそうでできなかった小さなことの記録更新こそが、本質的な成長だから、今あるちょっとしたチャレンジから逃げることなく、コツコツと頑張るべきなのだ。

そして、昨日できなかったことが、今日はできるようになる。先月できなかったことが、今月はできている。去年できなかったことが、今年はできるようになった。

これこそが成長の証《あかし》だろうと思うようになっていた。

困難な時代の入り口

この年、2008年は外資系金融機関が、困難な時代に入っていく年だった。

5月末に米国のベアー・スターンズ社が事実上、経営破綻《はたん》する。当時、米国で業界5位の投資銀行だった。

「とんでもなく、いやなことが、アメリカで起こっている」

即座にそう感じた。

1997年の北海道拓殖銀行の経営破綻を思い出した。その後、山一證券の自主廃業、そして多くの金融機関が合併、統合を進めていくその発端が、拓銀の破綻だった。

秋、9月、世界経済に大きな衝撃を与えるニュースが飛びこんでくる。

リーマン・ショックだ。

名門リーマン・ブラザーズの経営破綻により、外資系証券会社を取り巻く環境は一変する。

米国の金融機関はどこも危ないのではないか……と疑心暗鬼になった市場は、一斉に株売りに転じた。

モルガン・スタンレーも、シティグループも、軒並み株価を下げ、市場ではリーマンの次はどこが危ないのか、という話題で持ちきりだった。

機関投資家は、外資系証券会社との個別取引のアンワインド（契約関係にある取引を解消すること）を進め、各社の資金流動性が落ちる。これがまた、クレジットリスク（信用リスク）を引き上げる要因になり、悪循環に陥っていた。

恐慌は、あっという間に世界経済全体に広がり、だれもが固唾《かたず》を飲んだ。

リーマン・ブラザーズは、当時、同じ六本木ヒルズにオフィスを構えていた。知人も多く、彼らの行方《ゆくえ》が気になった。


それから数ヵ月、友人たちから「リストラされた」とか、「職を失った」という連絡が届き、会いたいと言われた。未曾有《みぞう》の金融危機のなか、よい解決策などあるはずもない。友人たちは、私のガンからの生還話を、自らのはげみにしようとしていた。

どこの証券会社でも毎月のように大規模なリストラが敢行され、その年の新入社員までもが退職していく、厳しい毎日だった。

私は私で、週に5日出勤できるまでにはなっていたものの、まだ本調子にはほど遠く、体調を見ながらの勤務が続いていた。

しかし、自分は多少の無理をしてでも、働かなくてはならない。

それがガンから生かされた者の務めだし、可能性を残された者の義務だと思い、頑張っていた。

なんて、情けない

年が明け、2009年3月。

間質性肺炎の治療は順調に進み、服用するステロイド薬の量も一日に6㎎まで減った。

毎月の診察は、レントゲン、血液検査、肺の音の聴診。

皆川先生は、いつものように聴診器を私の胸と背中に当て、静かに集中して聴く。

「順調です。明日から、5㎎にしましょう。ところで、何か運動してますか?」

「あっ、いや、まだ、体力がなくて……」

みっともない言いわけだ。

1年前のウォーキング失敗と、リーマン・ショック後のゴタゴタした毎日で、すっかり運動から遠ざかっていた。正直に言うと、精神的に疲れていた。

ガン発病以来、常に病気と闘い続けてきた。

命がけの真剣勝負の闘いは、疲れる。

しかも、金融危機の暗いニュース続きで、元気も出なかった。


「運動して下さい。あれだけ、マラソンに復帰するんだって、言ってたじゃないですか！」

そう言われ、カチンと来た。

運動再開を後回しにしていた自分自身に腹が立ったのだ。

先生が運動をすすめるのは、筋力の回復により呼吸能力の改善も見込めるからだ。

これにより、私は再びやる気になる。いいきっかけを、皆川先生から得た。


翌日、さっそく公園の早歩きを再開した。

しかし、始めてわずか10日後、急に発熱し、39度近くまで熱が上がる。

妻の運転で病院の救急窓口に運ばれ、点滴治療を受けた。

退院して1年半経ったが、まだ回復途上で、抵抗力の弱い私は、感染症にかかっていた。

「俺は、なんて、情けないんだ……あまりにも、弱すぎる」それを実感した。

ただ、今回は「もうやめた」とはしなかった。

ここでやめたら、この1年、自分はまったく成長していないことになる。

覚悟を決め4月に2回、5月に7回、6月に3回、とやれる範囲で取り組んだ。

小走りできる時もあり、少しずつだが、回復を実感した。

今に見ていろ！

この年、7月、私は衝撃的な映像を観る。

ランス・アームストロング選手が、3度目の現役復帰を果たしたのだ。

4年間のブランクをものともせず、驚異的な走りでツール・ド・フランス総合3位入賞。

抗ガン剤治療中、彼の全盛期のビデオを何度も観たが、ライブ映像は初めてだった。

とても同じ病気を患った元患者には思えない。

興奮し驚嘆する一方で、自分がくやしかった。

俺は、ガン治療を終え2年も経つというのに、やっとこ早歩きをしている程度だ。

こうなったら、来年、絶対にハーフマラソン（約21㎞）に復帰してやる。

そして、次の年は、フルマラソンを完走してみせる。

こうして、勢い余ったように具体的なスケジュールを決めてしまった。


ちっぽけな公園でちまちまやってるからだめなんだ、とトレーニングの場所を替える。お寺の公園で外周が1・5㎞。自宅からの往復を含めると5㎞弱のコース。

テレビ観戦を終えると、深夜にもかかわらず、そこへ向かった。

小走りに走っては止まり、しゃがみこむ。肺の呼吸が追いつかないからそうなる。走っては、しゃがみこむを何回も繰り返し、1時間以上かけてなんとか走りきった。

この時、フラフラだったが、生きていく自信みたいなものを感じた。

それ以降は、身体が回復するとまた走り、消耗するとしっかり休んだ。

走った距離は、8月が15㎞、9月はゼロ、10月に10㎞と、相変わらず行ったり来たりだが、それでもやめず、走り続けた。

一方、間質性肺炎の治療は順調に進んでいた。免疫抑制剤の服用は夏に終わり、ステロイド薬も10月にゼロとなる。

発症してから2年4ヵ月続いた呼吸器の治療が終わった。

一時は死と向き合った私だが、すべての治療を終え、何とも言えぬ解放感を味わった。

そして、45歳になった私は、ガンの生存記録を2年5ヵ月にまで延ばしていた。

第六章　再挑戦

ビリっけつ

翌年、2010年。

ハーフマラソンに復帰すると決めた年で、気持ちが高まっていた。

しかし、トレーニングをしても身体が強くなっていく実感が湧かない。

まるで栓の抜けた浴槽に水をためてるようなもので、力がついてこない。

考えてみれば、この3年間あらゆる薬を投じた。

3種類の抗ガン剤、合成副腎皮質ホルモン製剤（ステロイド薬）、免疫抑制剤……。これまで250本もの注射を打ち、50種類以上の薬を身体に入れた。

薬により助けられ、薬により破壊された身体だ。

当然、以前とは違う。

しかも、肺は病気と治療の後遺症で3分の1が働いていない。呼吸機能の劣化は、マラソンのような有酸素運動には、大きなハンディキャップになると言われた。

だが、本当にもう一度やりたい私には、そんなこと、どうでもよかった。

できない言いわけなら山ほどあるけど、またやりたいのだから気にしてもしかたがない。

週末に必ず走り、秋の大会に向け、できる限り備えていった。

ガン治療を終え3年も経ったのだから、半分のマラソンなら、なんとか走れるだろう。

そう信じ、故郷で開催される第4回八ヶ岳縄文の里マラソン（ハーフの部）に申し込んだ。

大会前日、実家に帰省すると、母が温かく迎えてくれた。一時は、命の心配すらした息子が、また、ハーフマラソンに参加するのをうれしく思っているようだった。

秋、9月12日、そのレース当日。

この季節の信州らしい美しい日だった。田んぼは黄色に色づき、稲刈りを待っていた。

大会は、八ヶ岳の麓《ふもと》にある集落の生活道路を往復する約21㎞のロードレース。ガンからの復帰を生まれ故郷で飾れることは幸せだ。

そして、午前9時50分、茅野《ちの》市長のスターターピストルでスタート。

一斉にランナーたちが飛び出していく。

21㎞という距離に不安のある私は、マイペースで足を運んだ。こんな長い距離、退院してから歩いたことすらない。

しかし、始まって15分も経たない頃だ。後ろを振り向くと、ランナーはわずか10人ほどしかいない。すでに440人以上が先に行ってしまった。

やはり、本番のレースはジョギングとは大違いだ。

自分なりに頑張っているが、さらに1人、2人と後ろから抜かれていく。そして、8㎞地点を過ぎた時だ、背後に大会運営の乗用車がピタリとついた。「最終ランナー」という横断幕をボンネットにつけている。

やばい、とうとうビリっけつになっちゃった……。

病気前に70以上のレースに参加したが、こんな屈辱《くつじょく》は初めてだった。

９㎞地点を過ぎる頃には、あまりのつらさで歩き出す。

大会なのに、もはや公園の早歩きと同じだ。

周囲の目と、後ろにいる大会運営の車が気になってしかたがない。

折り返してくるランナーたちから「がんば！」とか、「ファイトー！」とか声をかけられる。沿道の人たちは、一人歩いている私を戸惑ったような顔で応援してくれる。

まんまるいおにぎり

そして、14㎞地点に差しかかった時だ。

私は交差点にいた係の人に止められた。

大会による道路の通行止めを一時的に解除して、停車中の車を通すためだった。

その時、背後の大会運営車からオジさんが一人降りてきた。スポーツ刈りで真っ黒に日焼けしたオジさんだった。

「もうだめだ。きっと収容される」そう思った。

制限時間を超えたランナーは、通常、途中棄権となり車に収容される。だからその時間が来たと思った。

近づいてきたオジさんは、せつなそうな顔で訊いた。

「あんた、大丈夫かい？」

「大丈夫です。こんなに遅くて、すみません」

「いや、俺たちはいいんだよ。ただ、後ろで見てるとさ、なんか泣けてくんだよ……」

そう言うと、オジさんは、車に戻っていった。


てっきり「もう、レースは終わりだよ」と言われると思ったから、意外だった。

そして、そこからさらに１００ｍほどヘタヘタと進んだ時だった。

また、さっきのオジさんが降りて来て、涙声で言う。

「よかったら、これ、食べてくれや……」

おにぎりを差し出された。

銀色のアルミ箔に包まれた、まんまるいおにぎりだった。

こんなすごい握り飯は、コンビニなんかには売っていない。

明らかに家族がオジさんのために握ったおにぎりだった。

それを頬張りながら、ポタポタと、路面に涙がこぼれた。

大会関係者の拍手のなか、一人ゴールゲートをくぐった

俺は、本当にいろんな人に支えられて生きている……ありがたい。

制限時間はとっくに過ぎ、大会は終わっていた。先にゴールしたランナーたちは着替え終わり、コースを逆方向に家路に向かい始めている。すれ違うたびに拍手された。

「頑張った！」「よくやった！」

みんなの注目を一人あびながら、懸命に早歩きをした。

そして片づけ始めていたゴールゲートを、一人くぐった。

この日、ハーフマラソンの21・0975㎞を3時間以上かかり、歩き終えた。

病気前は、1時間半で走れた距離だった。

その後、友人たちから「復帰おめでとう。さぞ感動したでしょ」と言われたが、そんなんじゃなかった。厳しい現実を思い知らされ、打ちのめされた気分だった。

そこには努力とか頑張りでは、とうてい埋めることのできない大きく深い溝があった。

やっぱり、俺はもう、だめなんだ。

二度とマラソンなんて、走れない身体になっちゃったんだ……。

そして、それ以降、私はパタリと走ることをやめてしまう。

治療中に掲げたウルトラマラソン復帰という大きな夢も忘れようと思った。

新しいプロジェクト

ビリリリリーン！

けたたましい音でデスクの電話が鳴った。

ゴールドマン・サックス、トレーディングフロアの電話はすごい音で鳴る。

出ると、香港にいる上司の一人、イアン・スミスからだった。

「ハイ、オクボサン」

彼ともこの会社で長い仲だ。陽気な性格の人で、彼もウルトラマラソンを走る。

用件は新しいプロジェクトを任せたいとのことだった。

リーマン・ショックに端を発した金融危機から、1年以上が経っていた。

入社以来、11年間担当してきた日本株の派生的な取引は、ひと頃の勢いをなくしていた。投資家が、アジア新興国に投資先を向けてしまったからだ。

せっかく会社に復帰し体調が回復してきたのに、仕事の量は、逆に少なくなっていく。

そんな私を気づかった上司たちは、新しいプロジェクト（＝β《ベータ》‐プロジェクト〔仮称〕）を提案してくれた。それは別の部署の仕事で、こういうことは珍しい。

「イアン、どういうことか、くわしく教えてよ」

内容を聞くと、こうだ。

２０１０年に入り、東京証券取引所は株式の売買をつけあわせるシステムを刷新した。特徴は処理速度が１０００倍も速くなったことだ。

つまり、人間が手作業でやっていては、間に合わない時代が到来した。

この頃、各証券会社の株式売買は、相当に機械化が進んでいて、多くの市場参加者が、テクノロジーを駆使したコンピューター・プログラムを利用していた。

β‐プロジェクトは、このような市場環境の変化のもとでは、何か新しいビジネスチャンスがあるだろうから、考えてみようというものだった。

「えっ……、なに、それ」

「だから、何をするか考えて実行するのが、ユーのプロジェクトだよ。オクボサン」

相変わらずであきれた。具体性などなく、自発的に考えて行動しろということだ。

「でも、どうすれば、手がかりをつかめると思う？」

「そうだな、海外の証券取引所が高速システムを導入したのは、ずっと以前のことだ。その時、何が起こったかを調べてみるところから始めたらどうかな」

なるほどと思ったが、彼自身は、当時米国や欧州で起こったことを何も知らない。

「ＯＫ、わかったよ。やってみる。ありがとう」

手加減されない状況

前向きなプロジェクトをあてがわれ、正直ワクワクしてきた。

ただ、これから知り合う社外の人たちは、私がガンと間質性肺炎の患者だったことを知らない。従来の仕事では、取引先と長い付き合いで関係も深かった。だから先方が私の体調を気づかい、いろいろ配慮してくれていた。

しかし、今回はなんら手加減されない状況で仕事をすることになる。

イアンとの電話のあと、紹介された社内のくわしい人に相談してみた。そして彼のアドバイスに従い、さまざまなことを調べた。そうして２週間後、ひとつのアイデアが浮かぶ。

それは、こうだ。

テクノロジー主体の時代に、いまだに手作業で注文を出し苦労している運用者がいた。そんな会社に我々のテクノロジーを提供し、取引してもらおうというものだ。

実はどこの証券会社の委託取引も、それに似た形態をとっているので目新しさはない。

新しいのは、ターゲットとなるその業界だった。なぜならそこは、外資系証券会社とはまったく接点がない、国内ローカルの会社群だからだ。

そのアイデアを社内のシニア・マネージャーたちにプレゼンテーションするが、みな怪訝《けげん》そうな顔をする。彼らがその業界について、ほとんど何も知らないからだ。

正直、私もよく知らない。

こういう時、ゴールドマンは慎重になる。

「本当に大丈夫なのか？　もっと、くわしく調べて議論しなくてはだめだ」

当然の反応だった。

はりぼての自信

こうなると次なる行動は、その業界の個別企業に接触することだ。

早速、思いきって飛び込み営業を始めた。

ただ、担当者レベルと会っても話が進まないだろうから、経営者との接触を試みる。

「当社のテクノロジーを利用して、新しい運用手法を試してみませんか?」

そうトップの人に問いかけるためだ。


とはいえ、会社の代表電話に連絡したり、受付を訪れてみたところで、社長に会うなんて簡単にはできない。

たいてい、門前払いだ。

入社以来、飛び込み営業で道を開いてきたが、今回は難しい。先方の状況がよくわからないので具体的な提案をしにくいからだ。

ただ、手作業での取引には限界があり、相当困っていることは確かだった。その業界の存続が危ぶまれるほどだ。

私はあきらめず各社の意思決定者と会おうとするが、目処《めど》が立たないままひと月が過ぎてしまった。

そんなある日、新聞に掲載されていた経営者向けセミナーの広告に、ふと目を止めた。

「これだ!」と思った。我々がその業界の経営者向けのセミナーを開催すれば、接点が持てるかもしれない。早速、企画を立ち上げた。

テーマはその業界が最も関心を寄せているものにしぼった。ひと足早く高速取引に移行した米国の事情をプレゼンテーションし、今後の経営の参考にしてもらうというものだ。そしてセミナーの案内状を手渡したいと訪問すると、ようやく取締役以上の役職者と会うことができ、いろんなことがうまく回り出した。

もちろん、警戒し心を開いてくれない人たちもいた。

外資系の営業マンというだけで、私を非国民扱いしたり、最初からきつい物言いをする人もいた。応接室があるのに、わざと狭いタバコ部屋に通され、そこで立ったままセミナーの説明をさせられたこともある。

あからさまな営業マンいじめだった。

こういうことが、まだ病気からの復帰途上だった私には、こたえた。

健康な時には感じることのなかった精神的な痛みを感じるのだ。

私は自分が患者として見られることをいやがる一方で、手加減なしの対応をされると、つらく感じてしまう。俺は今でも低い生存率のなかを生きているんだから、そんなひどい接し方はあんまりじゃないか、とこぼしたくなる時もあった。

矛盾した気持ちになるのは、健康に自信が持てず、心身ともに完全でない証拠だった。

それでも一生懸命なのは、病弱だからこそ、一層頑張りたかったからだ。

はりぼての自信を、本物の自信に変えるためには、結果を出すしかないと思っていた。

ダイバーシティ

経営者セミナーは大盛況に終わり、私はさまざまな会社の経営陣と知り合えた。

そしてある会社の若い社長が私の熱意を汲《く》んでくれて、いっしょに組むことになる。

それからは、ゴールドマン・サックス社の社内承認を得るために、ありとあらゆる部門と折衝《せっしょう》し、いくつもの委員会の了解を取りつけていった。日本はもとより、アジア地域、そしてグローバルのコミッティの事業化承認も必要だった。

どれもこれも一筋縄ではいかないチャレンジの連続だった。

そして1年後、ついにそのプロジェクトが完成する。

取引が開始される日の前夜は、寝つけないほどの興奮をおぼえた。

検討止まりの社内プロジェクトも多いなか、事業化までこぎつけられたのは幸せだった。

私のように大病を患った社員にもチャンスを与え、責任のある仕事を任せるあたり、この会社らしい。

これも従業員のダイバーシティ（さまざまな違いを尊重して受け入れること）を重んじる組織ならではのことだ。

私は私で、畑違いで専門性を持たない分野のプロジェクトを、事業化するまでやりとげ、大きな自信になった。

優しい顔

2010年秋に八ヶ岳縄文の里マラソン大会（ハーフの部）でビリっけつのゴールをした私は、それ以来、パタリと走るのをやめていた。

大病を患い呼吸機能が劣化したのだから、思うように走れないのはしかたがない。今こうして、家族のもとにも戻れたし、仕事にも復職できたのだから十分だ。そんなふうに、無理やり心を整理していた。

それ以降の私は、もっぱら小6の娘の運転手だった。翌年が中学受験の年で、娘は遠く離れた学習塾に毎晩通っていたから、その送り迎えをしていた。娘と仲がいいのだ。

これはガンになってよかったことのひとつだった。3年前、退院した後、半年近く自宅で療養していたが、その時期に、私と子供たちの距離は、いっそう縮まった。

その自宅療養していた頃の私はというと、平日に自宅で、家族の帰りを待っているパパだった。

「ただいまー」

息子と娘が小学校から帰ってくる。

「おかえり」ベッドで横になっていた私は、ゆっくり起き上がる。

一日の楽しみは、子供たちからその日に学校であった出来事を聞くことだった。

昼休みに一輪車で鬼ごっこをしたとか、学校帰りのジャンケンで負けて、みんなのランドセルを背負って歩いたとか。子供たちの生活は、毎日が冒険のようで、聞くのが楽しくてしかたがなかった。そんなある日、２人に言われた。

「パパ、優しい顔になったね」

「えっ……」

突然のことで、どう返したらよいか、わからなかった。

ガンになる前、毎日忙しく働いていた私は、時々「とんがった顔」をしていたと言う。それが自宅で介護されるようになると、顔つきが穏やかになったらしい。

弱々しくて、一日に何度も横になり身体を休める父親。

働けない父親なんか、ふがいなく思われるだろうと思ったが、意外にも深く愛された。

あの頃の私は「良いお父さんって、どんなお父さんなのだろうか」と自問していた。

昔、元気だった頃、同じ質問を友人たちにしたが、「そんなこと考えるだけで十分にいい親父じゃないかな」とか、「お母さんを大事にするお父さんだろうな」などと言われ納得していた。

しかし、妻に介護され、満足に働くことすらできない自分に、父親を名乗る資格があるのかと苦しんでいた時だけに、優しい顔になったと言われ、うれしかった。

思い通りに動かない身体で制約があるなか、懸命に頑張ってリハビリをするのだから、むしろ、とんがった顔と言われそうなものなのに、そうではなかった。

当時の私は、ヨタヨタした自分にもできることが、一つひとつ増えるたび、素直に喜んでいた。ささいなことに幸せを感じ、一日を大切に生きていた。

そして、子供たちに教えるのではなく、彼らから教えてもらおうとする父親だった。

そんな私は、2人の目に、優しい顔をした、いい感じの父親として映ったのだろう。

その後、復職し会社に行くようになっても、娘から「塾の送り迎えは、パパがいい」と言われ、受験が終わるまで、私の日課となっていた。

再発の可能性

2011年、最後の退院から数え4度目の春がやってきた。この時46歳。

私は、事業化されたβ－プロジェクトで忙しく、営業活動にも熱が入っていた。

この頃になると、病院に行く頻度はめっきり減り、呼吸器内科は2～3ヵ月に1度、泌尿器科は半年に1度の経過観察になっていた。

あと1年もすれば、ガンは節目の5年を迎える。それが楽しみだった。

ただ一方、運動はというと、依然として何もせず、階段を上ると息が切れた。


5月、半年ぶりのガン検査があり、その結果を聞くため私は待合室にいた。

壁には、タレントの間寛平《はざまかんぺい》さんのポスターが貼ってある。2010年、彼はアースマラソン（地球一周）の最中に前立腺ガンを発症し治療を受けた。それ以来、前立腺ガンの早期発見を目指すPSA検査の普及活動をしている。その啓蒙ポスターだ。

ガンを患ったのに走れる間さんがうらやましく、また立派な人だなぁとあこがれた。


「大久保さん、7番にお入り下さい」

木村先生の声だった。

「先生、お久しぶりー」いつも通りの明るさで診察室に入った。

しかし、何となく変だ。彼の雰囲気がいつもと違う。

「どうですか、体調は？」

「元気ですよ……」

なんとも不思議な空気が漂っている。暗いとは言えないが、決して明るくはない。

「腫瘍マーカー値が上がってるんですよ。ＨＣＧ－βが、０・２と報告を受けています」

その瞬間、背中が冷たくなった。

ＨＣＧ－βの正常値は、０・１未満。

４年前から、常に正常値を示し、安心していたから、正直、驚いた。

これまでの血液検査では、ＬＤＨ（腫瘍マーカー）が、時々異常値を示すことがあったが、たいてい風邪をひいた時などで、風邪が治ると正常値に戻り心配なかった。

しかし、ＨＣＧ－βは違う。

これはそもそも胎盤から分泌される性腺刺激ホルモンだ。睾丸ガンの腫瘍マーカーで、男性が異常値を示す理由は日常的には見当たらない。発病当時は１・０まで上がっていた。

「大久保さん、もう一度、血液検査をして下さい。来週、結果をお伝えします」

「……、先生、再発の可能性は、どれくらいですか？」

「今の段階ではわかりません。再発していたら、もっと高い値を示すはずですが、異常値には変わりないです」

診察室を出ると、４年前の抗ガン剤治療の記憶が鮮明によみがえってきた。

ガンを告知された時も、こんな感じのグチャグチャした気持ち悪さだった。忘れかけていたガン患者の苦悩が思い出される。
まさか、また、あれが始まるのか……。

あの頃、俺は本当に頑張っていた。
懸命にガンという得体の知れない敵と闘っていた。
再発だったとして、もう一度、病気と闘う力が、今の俺にあるのだろうか……。

正直、自信がなかった。
それから1週間は生きた心地がせず、毎日「再発」を想像し、おびえていた。

翌週、再検査の結果、HCG-βは正常値に戻っていた。結局、人騒がせな話だった。
しかし、この時、私は大きく変わった。
自分に残された時間は、無限ではない。それを思い出した。
たかがハーフをビリで歩いたくらいで、もうだめだなんて、腐ったやつの言うことだ！
自分で自分のことが許せなかった。
あの時、もう一度、人生にチャンスを下さい、って心から願っていたはずじゃないか！

せっかく生かしてもらったんだから、自分との約束をきちんと果たしてみせろよ！

四たび、マラソン復帰への闘志に火がついた。

絶対に歩かない

それからは生活が一変した。走るコースを皇居ランニングコースに戻し、頻繁にジムでウエイト・トレーニングをし、慎重に身体のケアも始めた。

やることが極端なのだが、5月にはいきなり88㎞を走った。

退院以降、どんなに頑張った月でも月間23㎞が限界だったのに。

6月には104㎞も走った。

そして、翌年4月に開催される第22回かすみがうらマラソンを復帰レースに決めた。

ただし、ぶざまに歩いたり、ヨタヨタ走るのはいやだ。

健常者並みのしっかりしたレースをしたい。それには、フルマラソンの42・195㎞を4時間台で完走することを絶対的な目標にした。

昔の練習ノートを見直し、本棚の奥にしまった資料を読み返した。フルを4時間台で完走するには、ハーフマラソンを2時間以内で走る力が必要となる。

早速、秋のハーフの大会に申し込み、かつてのようなトレーニングが始まる。

7月には、130㎞と距離を伸ばす。

真夏の暑い時期にもかかわらず、走りに走った。


そして9月、因縁の八ヶ岳縄文の里マラソン(ハーフの部)に出場した。

その日は、まだ残暑が厳しく、走るには不向きの日だった。

でも今回は、絶対に歩かない。そう心に決めてスタートラインに立った。

この1年、成長した自分を故郷の八ヶ岳に見てもらいたかった。


結果は、前年より30分近くタイムを縮めてゴールする。もちろんビリじゃない。記録自体は満足いくものではないが、飛躍的に身体能力が回復しているのを感じた。

翌10月、走った距離はさらに伸びる。147㎞。

他の人をはげます番

再び走り始めた私は、4年前にある人と交わした約束を思い出していた。

それはランニング専門誌『ランナーズ』の編集長、下条由紀子さんとのものだ。ガン最終ステージを告げられ、押しつぶされそうな気持ちになっていた時だった。

私は同誌に掲載されていた「ガン患者、ジョギングを再開」という内容の記事に釘づけになる。

アームストロング選手の復帰話にも勇気づけられたが、この女性の記事は、同じ市民ランナーの一人として親近感を覚え、はげまされた。

その気持ちを伝えたくて、下条さんに手紙を出したところ、早速返事をもらった。

「あの記事が、闘病中の大久保さんを勇気づけたとうかがい、うれしく思います。大久保さんも、ぜひ病気を乗り越えてマラソンに復帰して下さい」

これは、今度は、私が他の人をはげます番になることを意味した。

抗ガン剤の影響で、頭髪はなく、一日中点滴につながれていた頃のことだった。

医学への挑戦

年が明けて、２０１２年。

トレーニングに熱が入っていく。早くハーフで2時間以内の実力が欲しい。しかし、２ヵ月半前の記録は2時間26分台とかなり厳しい。

1月の走行距離は、いよいよ１７７㎞に達する。

練習量だけで言えば、もう患者などとは言わせない自負があった。

何か大いなる存在につき動かされるように、ひたすら練習に打ち込んでいた。

5年前、ガンと間質性肺炎により、一度すべてのものを取り上げられた。治療中、先生たちから「フルマラソン復帰までは難しい。普通の生活に戻れるよう頑張りましょう」と言われていた。だから、その先生たちを驚かせてみたかった。

自分の限界は、自分で決める。私なりの医学への挑戦だった。

3月の第22回熊谷さくらマラソン（ハーフの部）、ついに2時間を切った。

フルマラソン復帰へ

２０１２年4月15日、日曜日。

私は、茨城県土浦市の県道２６３号線上にいた。

気温９・７度、天候晴れ、北東の風３・５ｍ。春らしい陽気だった。


あと5分もすれば、第22回かすみがうらマラソンがスタートする。

42・１９５㎞のフルマラソンだ。


道路をいっぱいに埋めつくしたランナーたちが長い列をなし、身動きが取れない。

赤、青、白、黄色、みんなカラフルなウェアに身を包み、胸にゼッケンをつけている。

私もそうだ。Ｅ１１１７５番。

６年ぶりのフルマラソン復帰レース。

ようやく、ここまで戻ってきた。

もっと感情が高ぶってもよさそうなものだが、そうはなっていない。

間もなく始まるレースを４時間台で走りきりたい。ただそれだけだ。


午前10時ちょうど。

スタートの合図とともに１万５４５９人のランナーたちが走りだした。

沿道いっぱいに見物客があふれ、選手たちに温かい声援が送られる。

さすが関東地区で３本の指に入るメジャーな大会だけある。大にぎわいだ。


私の５年生存率は49％とも、20％以下とも言われてきた。あと２ヵ月もすれば、その５年になる。それまでに、なんとしてもフルマラソンに復帰したかった。


レースは、スタートして県道２６３号を北東に向かう。

みんな、それぞれのペースをつくるまで、抜いたり抜かれたりを繰り返す。

１㎞ほど走ったところで左に曲がり、ＪＲ常磐線を越える陸橋を駆け上がる。まだ十分な筋力がついていない私には、登り坂はこたえる。

今度は２㎞過ぎ、高低差20ｍの登り坂が待ち構えていた。わずか３㎞を走ったところで、両脚の大腿《だいたい》四頭筋《しとうきん》が重くなり、後続のランナーたちに追い抜かれていく。

その時だ。

「あっ、あの電信柱だ。あれには、見覚えがある」


以前この大会を走った時、自分のペースを整える目安のポイントとした電柱だった。

厳しい闘病で過去の記憶を失い、思い悩んでいた私は、一気に元気づく。


リズムを整えながら走っていくと、給水所がある５㎞地点にさしかかった。

腕時計のストップ・ウォッチでラップタイムを測る。32分４秒、速い。

４時間台でゴールするなら、５㎞を35分ちょっとのイーブンペースで行けば十分だ。レース感覚を忘れていた私は、速いランナーたちにつられて走っていた。

ええい、途中でつぶれてもいい。このまま積極的に行っちゃえ……。


そして、２つ目の陸橋を越えた時だ。突然、となりのランナーから声をかけられた。

「お、お、くぼ、さん……？」

サングラスをかけた私の顔を確かめるように声をかけてきたのは、長年の友人、安藤さんだった。

私もビックリしたが、彼は、もっと驚いている。


「なんで、今、ここにいるの？　走れるの？　走って、大丈夫なの？」

声がうわずっている。それはそうだ。５年前、彼は何回も病室に見舞いに来てくれた。車椅子に座り、抗ガン剤の点滴につながれ、やつれていく私を見てきた人だ。

１年後に再会した時、私はまだお腹を押さえ、ヨタヨタ歩いていたのだから。

「今日を復帰レースに決めたんだ。４時間台で完走してみせる。黙ってて、ゴメン」

唖然《あぜん》とする彼が言った。

「でも、ペース速過ぎませんか？　無理せず、完走を目標にしたらどうですか……」

私のことが心配でたまらない彼は、つかず離れずの距離を保ち並走してくれる。

一方、私のラップは落ちてゆく。20㎞地点を通過し、この５㎞が34分41秒。


折り返して、25㎞を過ぎると景色は一変する。蓮根《れんこん》畑と霞ヶ浦の水面が広がる。

ランナーたちが走る１１８号道路は、くねくねと民家の前を抜けていく。地元の人たちの善意で用意された、お茶、漬物などが出されている。名物の温かい光景だ。

私は5年間の闘病の忌《いま》わしい記憶を過去のものにすべく、ひたすら走っていた。

そして、スタートから4時間49分後にゴールした。

自分との約束が、またひとつ実現した。

100㎞なんて、絶対だめです

2012年5月、自宅。

「来年、サロマぁー？　そんなの絶対に無理でしょ。だめです、無理です」

妻があきれ顔で言った。

「でも、次に100㎞を完走して、ようやく俺は病気前の状態に戻れるんだよ」

「だって、肺が普通の人と違うんだよ。それに、先月ようやくフルを完走できたレベルでしょ。無理です。100㎞なんて、絶対だめです」

私は必死になって頼むが、やはり反対された。

これまで医者から肺の線維化の怖さを聞いてきた妻が、そういうのも当たり前だ。

肺の組織が壊れているのだから、ジョギングを楽しむ程度で十分と言いたいようだ。

確かに彼女の言うことには、一理も二理もある。

フルマラソンと100kmとでは、その過酷さが格段に違う。

しかし、サロマ湖100kmウルトラマラソンへの復帰は、私の悲願だ。


かすみがうらマラソンを完走できたことを下条編集長に報告した。

彼女は、わがことのように喜んでくれて、手記を寄せるよう私を促した。

その手記は、同年9月号に掲載された。そしてその記事の中で、翌年のサロマ湖100kmへの復帰を目指すと書いてしまった。


11月、それなりに練習して臨んだ大会の結果はパッとしない。春よりタイムが落ちていた。そして、翌月のレースは途中リタイヤとなる。

復帰して8ヵ月間、力が衰えているのが数字でわかる。

今までと同じ練習では向上しない、とむきになり、2013年は大会の予定を毎月組んだ。

勝田全国マラソン（1月）、東京マラソン（2月）、板橋Cityマラソン（3月）、かすみがうらマラソン（4月）。毎月、フルマラソン大会だ。

すべては6月のサロマに向けての練習試合という位置づけだった。

ウルトラマラソンの世界では、フルで3時間台の力がないと、完走は難しいと言われる。病気後のベストタイムは、4時間49分。

相当な開きがある。これを半年間の猛練習で、埋めてやろうとしていた。

1月、月間走行距離が、いきなり294㎞となる。

そして、4月に入ると300㎞に達した。

本気で、サロマ湖完走を狙うのであれば、だれもがこなす練習量だ。

徐々にタイムはよくなるが、ウルトラに挑戦できるだけの実績は出て来ない。

4月、ようやくフルマラソンを4時間24分というレベルだ。

私を心配する妻は、再三あきらめるよう促し、友人たちも「やはり無理だよ」と言う。

正直、私も自信がなかった。

友人に諭され、完走できるかどうかは、あくまで結果であり、目標はサロマ湖100㎞ウルトラマラソンのスタートラインに戻ること、といくぶん弱気になっていた。

それに追いうちをかけるように、ひとつ気がかりなことが起きていた。

間質性肺炎のマーカー、KL-6（正常値499以下）が、534と異常値を示したのだ。

血液中の糖たんぱく質のひとつで、数値から病気の活動性がわかる。

次回、6月の検査で再発かどうか判断することになった。

強い味方

大型連休が明けて5月11日。

東京の赤坂御所周回コースで、今年のサロマに向けての合同練習会が行われた。

当日は練習に先立ち講義が組まれ、講師は静岡のランニングチーム監督の衣笠明宏さん。

さらに、サロマを10回以上も完走している芝山義明さんと鈴木健司さんが、経験上のアドバイスをされた。

私は練習会のスポンサー、日本シグマックス社の厚意でこの会に参加した。

今年出場するランナーのなかに、ガンからの復帰を目指す人がいると紹介され、自分の決意を伝えると参加者から温かい拍手を受けた。


私はこの機会を通じ、いろんな人と知り合えた。

まだ力不足の私にとって、この人たちが力強い味方のような存在になっていく。

なかでも芝山さんは、折に触れて私を練習会に誘ってくれた。さらに、口コミで多くの人が応援してくれるようになり、金子尊博《たかひろ》さんのチームの練習会にも誘われる。

トレーニングは佳境を迎え5月、ついに346kmを走った。

それでも5月のチャレンジ皇居50km大会は、疲労から途中リタイヤに終わる。

結局、良い結果は、最後の最後まで出なかった。


この最も苦しい頃、私の心身を支えてくれたのが福原良英《よしひで》さんだった。彼は鍼灸《しんきゅう》マッサージ師で、パラリンピックのフルマラソン日本代表選手だ。マッサージに行くと、いつも「大丈夫。大丈夫」と私をはげまし、翌週の練習メニューをつくってくれた。疲労がたまった私の身体は、福原さんのマッサージで、何とか、もっていた。

しかし、大会3週間前、最も恐れていたことが起こる。

血液データ

6月10日、東京慈恵会医科大学附属病院呼吸器内科。

この年2度目の経過観察だった。

呼ばれて診察室に入ると、呼吸器の先生が悩ましい顔をしている。

「大久保さん、血液データが悪過ぎますよ。どうしちゃったの、これ?」

見ると5項目に異常値が示され、そのなかに大事なマーカーが2つも含まれていた。

ＬＤＨ　２７８（正常値２３５以下）

ＫＬ－６　５４０（正常値４９９以下）

特にＫＬ－６は、４月の検査値よりも上がっていた。

「先生、きっと負荷の高いトレーニングをしてるからだと思います」

しかし、納得いかない顔をされ、

「運動による炎症では、とても説明つかない悪い結果なんだよね……。主治医として、今月の１００㎞マラソンは、とても許可できないなぁ」

確かに気味の悪い検査結果だった。

しかし、復帰に向けて半年間、いや6年間という年月を費やしてきた私は「はい、わかりました。やめておきます」とは口が裂けても言えない。

さんざん交渉し、お願いし、大会直前にもう1回検査をして決めることになった。

それからは、妻と母親から大会出場を取りやめるよう、強烈な説得を受ける。特に妻は必死に言う。

「完走とかそういうんじゃないの。再発してるかもしれないのよ！」

力不足のうえ、ドクターストップ、さらに家族の猛反対と、私はとことん追い詰められた気持ちだった。

「神様……、頼むからサロマのスタートラインに戻して下さい。これは人生の再スタートラインでもあるんです」

最後にできることは、いつもの困った時の神頼みしかなかった。

本番まで3週間を切った私は、福原さんの指導に従い、体調のピークを大会当日に合わせるピーキング（練習量を徐々に減らし疲れを抜く調整方法）に入っていた。

一発勝負にかける私は、不安のなか、最後の最後まであきらめていなかった。

「人生は、何度でもやりなおせる」という。「練習は不可能を可能にする」という。だったらそれを、自らに証明してみせたい。本気の本気だった。

そして、大会1週間前の6月24日。

うれしい結果が出る。直前の血液検査で、データがいくぶん改善されていたのだ。

先生は驚いた顔をして、

「負荷の高い練習が原因のひとつだったことは、確かなようですね……。でも、大会が終わったら、もう一度、しっかり検査しましょう」

こうして、ついに夢の舞台に戻れることになった。

再挑戦

２０１３年６月29日、北海道。

現地入りすると、ガンと間質性肺炎を乗り越えウルトラマラソンに再挑戦する人がいるとして『ランナーズ』誌の車谷悟史《くるまたにさとし》さんと、北海道新聞の金子俊介さんが取材してくれる。

完走するだけの力はないかもしれないが、ここまで這い上がってきたことに価値があるとして取り上げてくれた。

いよいよ、明日、６年間の思いをぶつける時がやって来る。

今、実力が足りないのであれば、本番で実力以上の力を出してやる……そう自分に言い聞かせ、奇跡を信じた。

第七章　再び１００㎞マラソンへ

私が走る理由

２０１３年６月30日、北海道、湧別町。

「マズイなあ、本当にマズイ」

長丁場の１００㎞マラソンは始まったばかりなのに、どうにも身体が重くてだるい。

前半は、５㎞を35分で行かないと後半厳しくなる。しかし今、そのペースが、５㎞（36分3秒）、５〜10㎞（36分46秒）、10〜15㎞（37分５秒）。

すでに最初の折り返しを戻ってきたランナーたちが、続々と逆方向に走っている。その中の、芝山さんも、鈴木（健）さんも、金子（尊）さんも、掛川力丸さんも、すれ違うランナー集団の中から私を探し、声をかけてくれる。

彼らが「大久保さん、調子悪そうだなぁ」と感じているのが見て取れる。

参加者３０８８人中、私はビリから50番以内を走っている。

完走率が７割とすると明らかにリタイヤ候補組だ。６年間のリハビリの集大成が、早々に途中失格ではあまりに情けない。

20㎞地点。

先行していた友人の堀内隆志《たかゆき》さんに追いつく。足を痛めてやむなく途中棄権するらしい。そんな彼に言われる。「こんなに遅いペースでいいんですか？」

彼は、このままでは、私が失格になるとわかっている。周囲には、すでに歩いているランナーもいる。取材してくれた車谷さんと金子（俊）さんのことが頭をよぎる。

リタイヤする人の記事なんて書いてもしかたがない。しかし、自分の仕事に徹するカメラマンは、私を追いかけシャッターを切っている。


「なぜ、大久保さんは走るんですか、１００㎞も？」

前日に受けた取材の質問が頭をよぎった。

そんな質問に哲学的な答えなど持ち合わせてはいない。答えは単純で、病気前にも走っていたから、またやりたいだけだ。

「では、なぜ、そこまでこだわるんですか……？」

これには深いわけがある。５年経ち治療こそ終えているが、私はまだ患者なのだ。

周囲の人は完治したと思ってるが、完治なんてありえないと、どこかおびえている。

でも、ひとつ良い方法があるとしたら、それはこの１００㎞を完走することだ。

これだけの身体的ハンディキャップを負えばもう無理だと、だれからも言われた。

「もう、俺、だめなのかな……」と何度も思った。

そんな意気地なしの自分を否定するために走る。

ガンを発症する直前が、俺の人生のピークだったなんて大ウソだったと、自らに証明したい。

完走できたら、闘病の終止符となり、人生の振り出しに戻れると思っている。

だから走る。

それが、私が走る理由だ。


福原さんの言葉、「最初、身体が重いほうが、調子良い時です」を思い出し走っていた。

絶対について行け

25㎞地点を過ぎても調子は上がってこない。

周囲にいるランナーはまばらで、私は最後の2パーセントほどの集団にいる。

こんなはずじゃなかったと思うが、身体が重くてしかたがない。

「大病を乗り越えたんだから、もっと自信を持ちなよ！」

そう言ってくれた友人、大川高輝《こうき》さんの言葉も思い出し、ひたすら脚を前に出す。

しばらくすると前方に青色と金色のゼッケンが見えてくる。青色はこの大会を過去10回完走した正真正銘の「鉄人」、金は20回完走した「猛者《もさ》」に与えられる栄光のゼッケンだ。彼らはこの過酷なレースを知りつくしている。


もしかして、自分にも、まだ完走の可能性があるのかもしれない。

初めてそう思えた瞬間だった。

彼らから離されないようにと自分に言い聞かせ、追いかけて行く。

そして30㎞地点。スペシャルドリンクがある場所に来た。用意してあった高カロリーゼリーを素早く補給する。

よし、と駆け出すと、なんと青色のゼッケンのランナーより早く出発できた。

この瞬間、なにかモヤモヤしていたものが、すっきり晴れた。


大事に、大事に、なんて考え、慎重に走ってるから、調子が上がらないんだ。

100㎞だなんて考えず、とりあえず、この5㎞を魂こめて走ってやる。

すると、信じられない「力」がよみがえってきた。

次々と前のランナーたちに追いついていく。ランナーたちの長い列が数珠《じゅず》つなぎになる100kmマラソン特有の光景の中に、私も入っていた。

自然と1kmごとのラップタイムが上がる。青色ゼッケンの選手を8人も抜いた。

そして、とうとうフルマラソンと同じ42・195km地点を過ぎた。青く、美しい、北海道サロマ湖の湖面が、目の前に広がっている。

沿道の応援が一層にぎやかになり、オジさんが大声を張り上げている。

「100kmマラソンは、こっから始まんだぞ！　みんな本当にかっこいいぞ！」

そうだ。ガン発病前に出場したこの大会で受けたのと、まったく同じ声援だ。

生き残り合戦

ようやく近づいてきた50km地点関門。

周囲は美しい緑の林で、太陽が真上から照りつけている。

ここから上り下りと坂が続く。50kmを越えてからの坂道は、ことさらにきつい。

この厳しい大会に戻りたくて、つらい治療を受けてきたんだ、それを思い出す。

照りつける太陽の下、北海道の大地を思う存分走れるレース。

生きていることを実感する。

再び青く美しいサロマ湖が現れ、湖岸に沿っていくと54・5㎞地点の巨大なレストステーションにたどり着いた。ホテルの敷地を利用した休憩場所だ。

収容バスが何台も停車していて、途中リタイヤを決めた選手たちが乗り込んでいる。

私は、事前に預けておいた荷物を受け取りベンチに腰かけた。

休憩の目安は7分。

友人に手伝ってもらい、後半のウェアに着替える。そして、太ももをテーピングで、らせん状にグルグル巻きにし、天に願った。

「神様、これで、残り45㎞を走らせて下さい！」

出発したとたん、仮装ランナーの掛川さんと再会する。彼は驚いたように、「大久保さん、追い上げて来たんですね……」とほめてくれた。

路上では、車谷さんが取材用の写真を撮っている。ランナーたちは、ここからどこまでも続く、きつい登りを駆け上がり出していた。

レースはいよいよ制限時間との勝負の後半戦に突入した。多くのランナーが、ここから関門ごとのふるいにかけられる。時間と闘い、自分と向き合う真剣勝負だ。

路面の温度は27度近くまで上がり、ランナーたちを消耗させる。
みんな、２・５㎞ごとに用意されている「かぶり水」に列をなす。
ひしゃくで水をくみ、首すじにかける。
炎天下の中、体温を下げないと大変なことになるからだ。
女性ランナーも、ずぶ濡れになって次のかぶり水を目指して走る。

ガンになってよかった

60㎞関門を制限時間８分前に通過できた。
次の難所、70㎞関門を目指す。
高低差20ｍの登りと強い向かい風。ここでも生き残り合戦が繰り広げられていた。
私もみんなも、もはや限界に近い。
その時、先行していた鈴木（健）さんが見えてきた。
毎年、完走する鉄人だ。
脚が痙攣《けいれん》してつらそうだが、並走して私を引っぱってくれると言う。

「このペースのままでいいです」「ここは、おさえて行きましょう」

繰り返しアドバイスしてくれる。

走りながら、これまで私を支えてくれた人たちのことを思い出していた。

木村先生、讃岐先生、皆川先生、油井先生、顕川教授、会社の人たち、友人たち、そして家族。

数えきれないたくさんの人のサポートがあって、ここまで戻ってこられた。

レース直前には、高校の同窓生たちから激励メッセージが届いた。

30年も音信不通の私を日本中から応援してくれている。

私はある時から、ガンになってよかった、間質性肺炎になってよかった、と思うようになった。

病気で失ったものより得たもののほうが、遥かに大きいと感じたからだ。

身体的に弱い立場の人の気持ちが多少でもわかるようになれたし、とんがった顔から優しい顔のパパにも変われた。

そして何より、後半の人生に向け、強烈なモチベーションを持てるようになった。

たまたま降りかかったガンなどで、人生を下り坂にしてたまるか、と思っている。

病気前、私はそれなりに順調な人生を歩んでいた。

しかし、あの日あの時、ガンの告知を受け、真っ暗闇の深い谷底に突き落とされた。

失意のなか、やり残したことだらけの私は、元の自分に戻りたくて必死だった。

生きて、希望さえ持ち続ければ、いつか必ず報われるだろうと信じて、もがいてきた。

人生にもう一度チャンスが欲しくて、あきらめないで来たら、ここまで戻れた。


すべてのことが、ありがたい、かけがえのない経験だった。

病気で失ったものより、得たもののほうが遥かに大きいと感じるのは自然なことだ。

悲鳴のような声援

後半の登りに入り、がぜん心拍数も上がる。

大阪の島田真由子さんが「大久保さん、勇気もらいました！」と言って私に並ぶ。

「あんな大病をした人が頑張っている。自分も頑張らなきゃいけないと思いました」レース前に、そう声をかけてくれた女性ランナーだ。

70㎞関門近く。コースは佐呂間町《さろまちょう》の民家の間をくねくねと抜ける。

屋根の上で大漁旗を振って応援してくれる地元の人。疲れきったランナーたちに冷やしタオルや食べものを渡してくれる女性店主。

私は70㎞関門を制限時間5分前に通過した。


余裕がなく、すべてがギリギリだ。少しでも気をゆるめれば、関門を通過できない。鬼門と言われる70㎞を通過したものの、次の80㎞関門まで、どんなペースで走ればいいのかわからない。疲れきり、ペースの計算ができなくなっていた。

サロマを知るランナーたちは、ワッカまでたどり着けば完走が見えてくると言う。ワッカとは、ワッカ原生花園のことで、そこに80㎞地点がある。

時間に余裕がないにもかかわらず、強い向かい風が容赦なく吹いてくる。

苦しんでいると、ワイワイとにぎやかな仮装ランナーたちにまた会う。掛川さんたちだ。この超長距離を着ぐるみで走っている。

「エダマメ」「バナナ」「ダイコン」「レモン」……。

信じられない鉄人たちだ。

とにかく、掛川さんたちについて行こう。彼らのペースに賭けてみるんだ。

外見は野菜やくだものの着ぐるみ軍団だが、下から見えるふくらはぎの下腿三頭筋は、一流ランナー特有の、ものすごい脚をしている。

本当の実力者たちの証拠だ。

ダイコンの人が「80㎞関門まで1分の貯金ができました。このペースで大丈夫です！」と周囲を安心させてくれる。

厳しい区間だが、ツワモノ着ぐるみ軍団といっしょなら何とかなりそうな気がしてきた。

80㎞関門まで、あと500m。

みんな全力で坂を駆け上がる。

「制限時間、まだ間に合いますよー」

係の女子学生たちの悲鳴のような声援が届く。

彼女たちは涙ぐんで応援してくれている。

そして締め切り2分前、ゲートになだれ込んだ。

驚いた。とうとう80㎞関門も越えることができた。

それからしばらく、うなだれたように歩いていると、島田さんが「ここからをなめたら、あかんよ。最後の難関や」と言い残し、追い越していった。

その言葉で再び目が覚める。

そうだ、完走しなきゃ意味がないんだ。

「頑張りました、でも、できませんでした」なんて、俺は絶対にいやだ。

再び、力を振り絞って走り出す。

広大なオホーツク海が、右側の視界に広がる。

８㎞に及ぶ原生花園の中を、ランナーたちの細長い列がどこまでも続いている。

この時、信じられないことが起こる。もう、動かないはずの脚が動いてくれた。しかも、１㎞ごとに１分の貯金ができている。

このまま行けば、残り20㎞で20分の貯金だ。

なんてことだ。完走だけじゃない。

ガン発病前の４回の完走とくらべても、いいタイムでゴールできるかもしれない。

福原さんの言っていたとおりになってきた……。


この大会が終わったら、次は病気前の自己記録を更新する挑戦をしたいと思っていた。

肺機能の劣化と加齢という不利な状況になってもなお、若く元気だった頃の自分の記録を塗り替え、さらなる高みに登っていく。それに挑戦しようと決めていた。

だが、ひょっとしたら、今、それに近いことができるかもしれない。

90㎞地点も通過する。

自分でも不思議だった。フラフラなはずなのに、ひたすら地面を蹴り身体は前に進んでいく。そして、先行しているランナーたちをどんどん追い抜いていく。

ゴールまであと1㎞の表示が見えた。

先にゴールしていた金子（尊）さんが、写真を撮ってくれる。

「本当におめでとう」

リタイヤした堀内さんが、うれしそうに駆け寄ってくる。

芝山さんが大きな声をかけてくれる、「大久保ー、やったなぁ！」。

下条編集長が叫ぶ、「えー、すごい！」。

何もかもが夢のようだ。


そしてついに大会会場のアナウンスが聞こえてくる。

「2214番、大久保淳一さんがゴールに帰って来ました。おかえりなさい！」

間近で衣笠さんが笑っている。

「ついに、やりましたね、大久保さん！」

ゴールゲートの向こうでは、カメラマンたちが脚立にのぼりシャッターを切っている。

待ち構えている車谷さんのカメラ。

北海道新聞の金子（俊）さんのカメラ。

その中を、ゴールに飛び込んでいった。

……不思議と涙は出てこなかった。

終わってみると、病気前と合わせ過去5回の完走の内、2番目にいいタイムだった。

「ここまで長かった。本当に長かった。これで、ようやく振り出しに戻れた。ついにできた……」

全身が幸福感で満たされていた。

夢のゴールは、新たな人生のスタートライン

エピローグ

……それから、……。

ゴールの常呂町から北見市のホテルに向かうランナー専用のバスの中。
窓ガラスに頭をつけ、バスに揺られながら、今日一日のことを振り返っていた。
外は夕暮れでオレンジ色。広大な農地にくるりと丸められたロール状の干し草がいくつも転がっている。

携帯電話を確認すると、友人たちからの着信履歴がたくさんあり、メールも届いていた。みんな、インターネット情報で私の完走を知っていた。

この大会はホームページ上で、各ランナーのレース状況を知らせる「ランナーズ・アップデート」というサービスをしていた。選手の名前を入力すると、その人の10㎞ごとの通過時刻が表示され、それが更新されていく。

リタイヤしたランナーは、更新されなくなるが、完走者は１００㎞まで更新されていく。

「すごいことをやってのけたね。本当に、本当に、おめでとう！」「俺、久しぶりに感動したよ。ありがとう！」

メールを読んでいると、ようやく涙がにじんできた。

すべてのメッセージを読み終えたが、妻からは何もなかった。

彼女は、今回のサロマには来なかった。子供たちの世話で家を離れられないのが理由だが、直前の血液検査が改善し、最悪のことは起こらないだろうと思ったようだ。彼女なりの意地もあっただろう。

３週間前にドクターストップが出て以来、妻は私がこの大会を走ることに猛反対してきた。

昨日、東京を発つ時も真顔で言っていた。

「パパ、お願いだから、途中でリタイヤして」

にもかかわらず、私は、彼女に、「ランナーズ・アップデート」でレース状況を確認し、応援してくれている人たちにわかるようブログにアップしてほしい、などと身勝手なことを言い、愛想をつかされていた。

あれだけの反対を押しきってまで参加し、走ったこと、まだ、怒っているんだろうな……。

複雑な気持ちのまま、ホテルに到着した。

部屋に戻り、持参していたｉＰａｄで自分のブログを観ると、妻が今朝６時過ぎからブログを更新し続けていた。

簡単な内容で、10㎞ごとの通過タイムの数字だけが載せてある。

しかし、読み進めていくと、70㎞以降のブログには、簡単なコメントがつけ加えられている。「いけー」とか、「がんばれ！」とか。

あれだけ反対していたのに……、意外だった。

そして最後、１００㎞ゴールのブログ。

そこには、うれし泣きの絵文字があり、ブログを読んでくれている人たちへの感謝の言葉で締められていた。

「今日この日まで、主人は、ガンと闘い、間質性肺炎と闘い、6年間がんばってきました。この6年いろんなことがありました。病状が悪化して絶望的になった時もありました。退院してからは、まともに歩くこともできず、横になってばかりいる主人を見ると、かわいそうにと思うこともありました。そんな彼が、どうしても、またサロマに出たいと言い出した時は、本人の身体が心配でしかたがありませんでした。今回、主人が完走できたのは、彼のために応援して下さった、皆さまのおかげです。わたしは、まさかゴールできるとは、これっぽちも思っていませんでした。これまで私たちを応援して下さったみなさま、本当にありがとうございました」

あとがき

「人生には、いつだって、何度でもチャンスがある」

私は、この言葉を本当に信じている。

あの、サロマ湖100㎞ウルトラマラソンの復帰ゴールから、もう2年が経った。

この間、多くのことが変わった。まず、2歳多く年をとった。ゴールした時は、まだかろうじて40代だったが、今、51歳。節目を意識する私には、大きな変化だ。

そして、昨年、15年も勤めたゴールドマン・サックス社を退職した。これからの人生に、自分のやりたいことが見つかり、私もゴールドマンを「卒業」した。

いま、いくつかのことに挑戦しているが、その筆頭が、ガン患者さん支援活動「5years」(https://5years.org/) だ。

私が代表を務める社会活動で、2年前に立ち上げた。奇跡的に一命を取り留めた私は、生かされた者として、社会に恩返しをしたいと思っている。この「5years」では、8年前のガン闘病当時、私が欲した「患者とガン経験者の相互助け合いコミュニティ」を実現したい。具体的には、私のようにガン治療のあと、無事、社会に戻られた方たちをウェブサイト上で紹介し、治療中の患者さんたちが、先に経験した人たちから、いろんなことを訊ける仕組み作りをしている。

私は、患者の予後は、その人の気の持ちようで大きく変わると信じている。「5years」は、前向きになれるパワースポットのような場所だ。


もうひとつは、マラソン。

ようやく振り出しにたどり着いた私は、発病前にやりたいと思っていた、いくつかの挑戦に戻っている。

2015年6月28日、北海道。

この日、サロマ湖100㎞ウルトラマラソンの自己ベストタイム（12時間6分53秒、2006年）の更新に向けて走った。

治療中、リハビリ中、何度も、「もう、俺はダメなのかもしれない」と思った。そんな自分を否定したくて走った。肺機能が低下し、年齢も増し、ハンディキャップを負ってもなお、タイムという数字のうえでも病気以前より速くなれば、人生の更なる高みに登れると信じ走った。

そして、この日、これまでのタイムを3分以上縮める12時間3分9秒で、ゴールに帰ってきた。またひとつ、自分との約束が実現できた。

この秋からは、フルマラソンとハーフの自己記録更新に挑む。

そして次、もうひとつやりたいことがある。

「サハラ砂漠250㎞マラソン（Marathon des Sables）」

これは、何度かドキュメンタリー映像を観て、ガン発病前から参加したいと思っていた。

元気になったいま、ようやく、その挑戦ができるとワクワクしている。

ガンになってよかった。失ったものよりも、得たもののほうが遥かに大きいとは常日頃から言っている。でも、病気なんて、二度とご免だ。

それでも、いつかまた、想像もしない深い谷底に突き落とされるかもしれない。

だから、いま、やりたいことに、どんどんチャレンジして、第三のキャリアも、マラソンも、その他全部もやって、80歳で人生のピークを迎えられたらと思っている。

いま、その挑戦に向かい出した。

人生は、やり直せるし、いつでも、何度でもチャンスがあるのだから。


最後に、これまで私を支えてくれた家族と友人たちに心からありがとうと言いたい。また、この本を作るにあたり、多くの方のサポートを頂いた。なかでも、鈴木康介氏、そして、講談社の冨倉由樹央氏、加藤孝広氏には、心よりお礼申し上げます。

大久保淳一（おおくぼ・じゅんいち）
1964年、長野県生まれ。名古屋大学大学院修了。石油会社に6年勤務の後、99年、シカゴ大学経営大学院MBA取得。99～2014年、ゴールドマン・サックス証券株式会社に在籍。07年、42歳の時に精巣腫瘍（睾丸ガン）の最終ステージと全身転移、さらに合併症・間質性肺炎を発病。5年生存率20％以下と言われるなか、一命を取り留め、翌年復職。その後、長期リハビリを経て13年にサロマ湖100㎞ウルトラマラソンに復帰し、7年ぶりの完走を果たす。
現在は、自ら設立した非営利社団法人5years.orgにて、ガン患者支援活動に従事する傍ら、執筆、講演、そして、ガン発病前のマラソンの自己ベスト記録の更新に挑戦中。15年には、サロマ湖100㎞ウルトラマラソンで、自己記録更新の夢をひとつ叶えた。

いのちのスタートライン

二〇一五年八月二五日　第一刷発行
二〇一九年三月　八日　第三刷発行

著者　大久保《おおくぼ》淳一《じゅんいち》

装幀　内藤美歌子（VERSO）

発行者　渡瀬昌彦　**発行所**　株式会社講談社
東京都文京区音羽二丁目一二―二一　郵便番号一一二―八〇〇一
電話　編集〇三―五三九五―三五二二　販売〇三―五三九五―四四一五　業務〇三―五三九五―三六一五

印刷所　株式会社新藤慶昌堂　**製本所**　株式会社国宝社

落丁本・乱丁本は購入書店名を明記のうえ、小社業務あてにお送りください。送料小社負担にてお取り替えします。なお、この本の内容についてのお問い合わせは第一事業局企画部あてにお願いいたします。

ISBN978-4-06-219653-6
定価はカバーに表示してあります。